CAUSE PERDUE

Éditrice-conseil : Nathalie Ferraris
Infographie : Chantal Landry
Correction : Élyse-Andrée Héroux

DISTRIBUTEUR EXCLUSIF :
Messageries de presse Benjamin
101, rue Henry-Bessemer
Bois-des-Filion, Québec, J6Z 4S9
Téléphone : 450-621-8167

10-13

Traduction française :
© 2013, Recto/Verso, éditeur
Charron Éditeur inc.,
une société de Québecor Média

Charron Éditeur inc.
1055 boul. René-Lévesque Est, bureau 205
Montréal, Québec, H2L 4S5
Téléphone : 514-523-1182

L'ouvrage original a été publié par
Orca Book Publishers sous le titre *Lost Cause*

Dépôt légal : 2013
Bibliothèque et Archives nationales du Québec
ISBN 978-2-924259-29-0

Gouvernement du Québec – Programme de crédit
d'impôt pour l'édition de livres – Gestion SODEC –
www.sodec.gouv.qc.ca

L'Éditeur bénéficie du soutien de la Société de déve-
loppement des entreprises culturelles du Québec pour
son programme d'édition.

Nous reconnaissons l'aide financière du gouvernement
du Canada par l'entremise du Fonds du livre du Canada
pour nos activités d'édition.

JOHN WILSON

CAUSE PERDUE

Traduit de l'anglais (Canada)
par Christian Morissette

RECTO
VERSO

Une société de Québecor Média

Une aventure pour Jake, Darcy et Ebony.

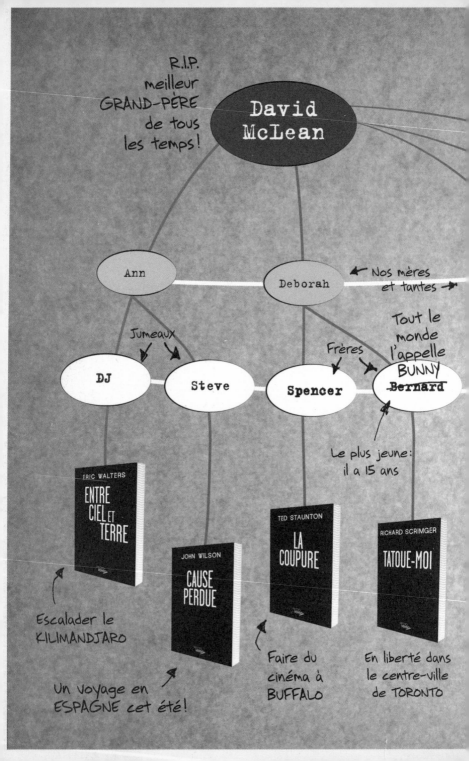

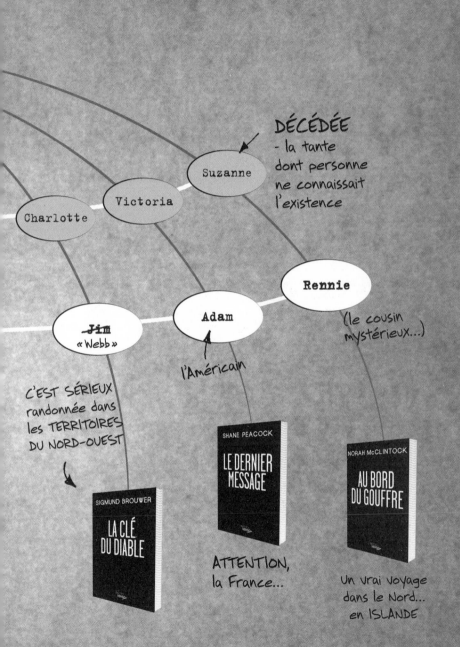

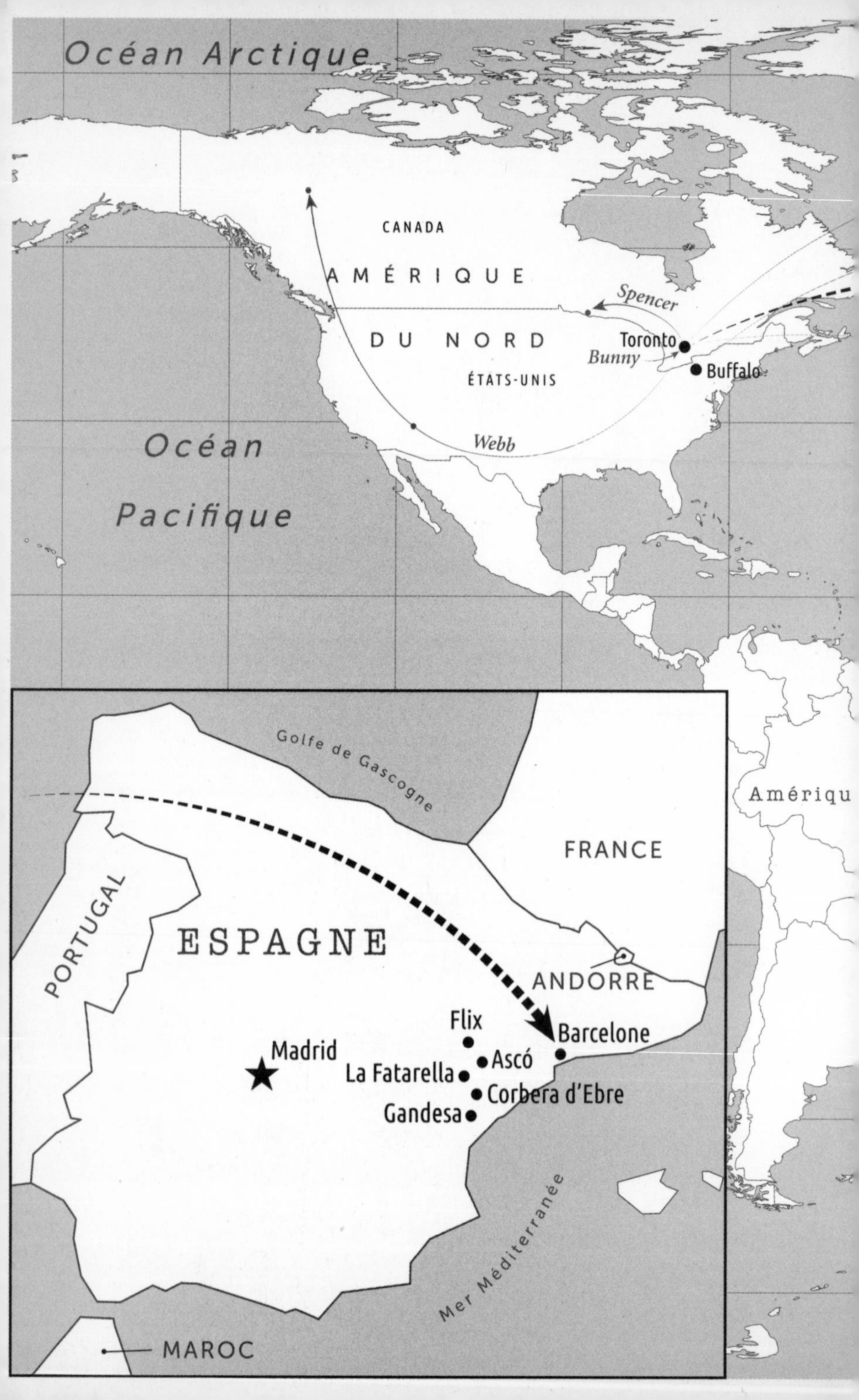

Océan Arctique
CANADA
AMÉRIQUE
DU NORD
ÉTATS-UNIS
Spencer
Toronto
Bunny
Buffalo
Webb
Océan
Pacifique
Amériqu
Golfe de Gascogne
FRANCE
PORTUGAL
ESPAGNE
ANDORRE
Flix
Barcelone
Madrid
Ascó
La Fatarella
Corbera d'Ebre
Gandesa
Mer Méditerranée
MAROC

Rennie
ISLANDE

Adam

Steve

FRANCE

ESPAGNE

DJ

EUROPE

AFRIQUE

TANZANIE

u Sud

Océan

Atlantique

LA TÂCHE
DE STEVE

UN

— Je ne comprends pas pourquoi je dois y aller.

Je parlais doucement, en m'efforçant de rester calme afin de ne pas contrarier ma mère.

— Les funérailles, ça va! ai-je continué. J'y suis allé pour que toute la famille soit réunie, mais cette fois, on va simplement rencontrer un type qui va lire un testament. Ce n'est rien qui me concerne. Je ne comprends pas pourquoi il ne peut pas simplement l'envoyer par la poste ou par courriel.

Tout ça me semblait tellement vieux jeu – tout le monde réuni dans une salle poussiéreuse, comme dans les dénouements mettant en vedette

Hercule Poirot, le célèbre détective d'Agatha Christie. Pas que je n'aime pas les histoires à suspense et les intrigues. En fait, j'adore! Plus jeune, j'ai lu toute la série des *Encyclopedia Brown*[1] et des *Hardy Boys*[2]; aujourd'hui, je lis les histoires plus complexes de Ian Rankin et de Robert Wilson. Le problème, c'est que j'avais l'impression que l'après-midi serait plus ennuyeux que mystérieux.

En fait, malgré ce que ma mère pouvait penser de la fermeté de mon ton, ce n'était pas tant d'aller à la lecture du testament qui m'ennuyait. C'était surtout que depuis la mort de mon grand-père, je passais mon temps à faire ce que les autres attendaient de moi sans tenir compte de mes propres désirs. J'étais complètement dépassé. C'était comme si je me noyais dans un tsunami d'émotions à l'état brut. J'avais besoin d'une pause.

J'aimais bien mon grand-père, même si, plus jeune, j'ai eu peur de cet homme bourru qui sentait le vieux. Mais je ne partageais pas la même vénération que le reste de ma famille pour ses faits d'armes héroïques. Oh, il était gentil; il nous donnait toujours plein de cadeaux à Noël ou à notre anniversaire, et il faisait de son mieux pour assister à nos activités scolaires ou sportives. Il avait

---

1. NdT: Série de romans mystères jeunesse écrits par Donald Sobol.
2. NdT: Romans jeunesse écrits par Franklin W. Dixon.

accompli des choses intéressantes, comme être pilote de l'air pendant la guerre ou ce genre de trucs, mais beaucoup d'autres personnes en avaient fait autant. En réalité, le problème ne venait pas de grand-père, mais bien de la façon dont les autres avaient fait de lui un héros extraordinaire.

Aux funérailles, par exemple, mon frère DJ a prononcé un discours larmoyant sur l'homme exceptionnel qu'avait été mon grand-père et sur toutes les choses incroyables qu'il avait accomplies au cours de sa vie. Comme s'il pouvait savoir ce que ce vieil homme avait réalisé des décennies avant sa naissance.

Moi, je voulais retrouver ma vie et je ne voyais aucun intérêt à assister à la lecture du testament.

Je suis quelqu'un de rationnel et de raisonnable alors que ma mère, plus émotive, en faisait une affaire personnelle.

— Steven, je sais que mon père et toi n'étiez pas sur la même longueur d'onde, mais j'aimerais que tu assistes à la lecture du testament. Pour moi.

Dès lors, je savais qu'il n'y avait plus de discussion possible. D'abord, je me nomme Steve. Alors quand ma mère m'appelle Steven, c'est comme si j'avais encore cinq ans. De plus, jouer la carte du «fais-le pour moi» représentait l'argument suprême. Maman avait été très émotive au cours des derniers jours. Elle avait toujours les yeux rouges, et je l'ai entendue plusieurs fois se lever en pleine nuit, signe qu'elle était très perturbée et qu'elle n'arrivait pas à trouver le sommeil. Comment pouvais-je lui refuser ce qu'elle demandait?

— D'accord, ai-je dit en ravalant mes objections. J'irai. Pour toi.

— Merci, m'a-t-elle répondu. J'aurais aimé que tu le connaisses mieux. C'était un homme extraordinaire.

— Il faut vraiment que je parte, maman.

Je voulais rapidement prendre congé avant qu'elle ne se lance dans une autre énumération de tous les exploits merveilleux de mon grand-père.

— Je dois absolument mettre mon curriculum vitae à jour si je veux me trouver un emploi assez payant pour aller en Europe cet été.

J'ai aussi pensé, sans le dire: «Et me permettre de m'éloigner de la famille pendant quelques semaines.»

— D'accord, chéri, a-t-elle ajouté en m'embrassant sur le front.

J'ai déguerpi aussi vite que j'ai pu.

Pendant une dizaine de minutes, j'ai fixé mon curriculum vitae à l'écran de l'ordinateur. Rien n'annonçait un futur lauréat du prix Nobel ou une carrière glorieuse de PDG chez IBM. Un été chez McDonald, quelques années à me lever aux aurores pour faire la livraison de journaux, plusieurs semaines à empiler des boîtes à l'épicerie du coin et, si je remontais encore plus loin dans le temps, des heures à jouer aux Lego ou à écouter des films avec un enfant du voisinage pendant que ses parents en profitaient pour aller au cinéma, voilà à quoi se résumait mon expérience de travail. Et tout cela au salaire minimum, bien entendu.

J'avais économisé 932,78 $. À peine assez pour acheter un billet d'avion. Et encore! Je m'ennuierais à mourir si je n'avais pas les moyens de quitter l'aéroport de Londres afin de poursuivre mon voyage. Sans compter que je serais affamé si je ne mangeais pas pendant trois ou quatre semaines. J'avais vraiment besoin d'un emploi bien rémunéré, sinon mon rêve d'aller en Europe serait une cause perdue, du moins pour cette année.

Je pense que si maman n'est pas devenue complètement dingue à l'idée que je parte seul en Europe à l'âge de dix-sept ans, c'est simplement parce qu'elle savait que c'était impossible.

— L'année va passer à la vitesse de l'éclair, m'avait-elle dit. Épargne, cet été! Nous pourrons quand même prendre une semaine ou deux de vacances au chalet de mon père, près du lac.

En prononçant ces mots, sa voix avait trembloté, mais elle s'était vite reprise.

— Toi, DJ et moi pourrons avoir de belles vacances en famille.

Même avec une valise remplie de romans mystères et mon portable, l'idée d'être coincé dans un chalet avec mon jumeau et ma mère pendant deux semaines plutôt que de visiter l'Europe me faisait froid dans le dos. Mais avais-je le choix ? Je ne pouvais même pas espérer gagner à la loterie, puisque je n'avais pas l'âge légal pour acheter un billet. Je devais me résoudre à l'idée de passer deux semaines à me faire chouchouter par ma mère, à me disputer avec DJ et à chasser les moustiques sur le bord du lac Moose Droppings.

Avec son habituel sens du timing, DJ, mon jumeau, « Monsieur a toujours raison », « Monsieur joueur de football », a frappé à ma porte et fait irruption dans ma chambre sans même attendre que je l'invite à entrer.

— Bonjour, petit frère, a-t-il dit joyeusement.

DJ est né quinze minutes avant moi. Il n'y a pas de quoi s'arroger le droit d'être mon grand frère. Mais aussi loin que je me souvienne, j'ai toujours été son petit frère. Ajoutez à cela son éternel optimisme et sa conviction que la vie est simple et que tout finit toujours par s'arranger, et je suis régulièrement au bord de la crise de nerfs.

— Quoi, *frérot*? ai-je répliqué en insistant sur ce mot.

Je l'appelle frérot parce qu'il m'a demandé de ne pas le faire. J'imagine que ça l'irrite, même s'il ne le montre pas. Mais je n'allais quand même pas l'appeler « grand frère ».

— Maman m'a annoncé qu'avant ta discussion avec elle, tu ne voulais pas venir à la lecture du testament de grand-papa, m'a-t-il dit en se laissant tomber sur mon lit, ignorant complètement l'exaspération de mon ton, de même que ma tentative pour le faire fâcher. Je suis content de voir que tu as changé d'idée. C'est important que la famille soit réunie dans de tels moments. Tout le monde doit être présent pour témoigner notre respect envers grand-papa.

J'ai résisté à l'envie de lui dire que grand-papa, où il était actuellement, devait un peu se foutre de savoir qui assisterait à la lecture de son testament.

— Toute la famille et une douzaine d'amis ont participé à ses funérailles, ai-je dit. Ça, c'est du respect. Aujourd'hui, c'est juste une affaire de notaire. Le testament a probablement été rédigé il y a plusieurs années.

— Maman va recevoir un peu d'argent et ça va l'aider, a-t-il ajouté en prenant le ton prêcheur qu'il utilisait toujours pour m'expliquer quelque notion qu'il croyait trop obtuse pour moi. Elle a travaillé de longues heures pour garder notre famille unie et elle est très tendue. La mort de papa, alors que nous étions très jeunes, a été éprouvante pour elle.

— Je sais tout ça, ai-je répliqué, ma voix montant d'un cran malgré mes efforts pour la contrôler. Je ne suis pas stupide.

DJ m'a regardé avec son sourire en coin comme pour dire: «Ça va. Quand tu seras aussi vieux et intelligent que moi, tu comprendras.»

— Tu pourrais aider un peu plus dans la maison, a-t-il dit en balayant ma chambre du regard. Tu pourrais commencer par nettoyer ce bordel. Je parie que tout un écosystème est en train de se développer sous ton équipement de soccer empilé dans le coin.

— Ma chambre est à moi, ai-je répondu en ravalant très fort mon exaspération. Maman est d'accord pour qu'on soit responsables de nos pièces respectives, et ce n'est pas parce que tu es un maniaque du rangement et que tu veux vivre dans une bulle aseptisée que tous les autres doivent se plier à tes manies.

Exaspéré, DJ a changé de sujet avant que je ne mette encore plus en colère.

— Tu prévois toujours de partir en Europe cet été?

Ça m'a pris un moment avant de constater qu'il avait changé de sujet.

— Oui, si j'arrive à amasser assez d'argent.

— Tu penses que c'est une bonne idée de voyager seul?

Et voilà! C'était reparti. Un gentil rappel de mon frère plus âgé et plus sage pour souligner que je m'apprêtais à faire une erreur.

— Je peux gérer la situation, frérot. De plus, je ne serai peut-être pas seul. Sam a de la parenté là-bas à qui il voudrait rendre visite. On pourrait voyager ensemble.

— Sam? Cet Anglais boutonneux aux cheveux bouclés qui passe son temps à faire des modèles réduits d'avions?

— Et puis après? ai-je répondu en défiant DJ de poursuivre ses critiques.

Mais il a simplement esquissé un haussement d'épaules.

— Et qu'est-ce que *toi*, tu as prévu de si génial pour cet été? ai-je demandé.

— Je ne sais pas encore. Travailler, mettre un peu d'argent de côté pour le collège. Maman a proposé d'aller au chalet de grand-papa. Ça devrait être agréable.

— Youpi! ai-je répondu avec sarcasme. Écoute, si je veux aller en Europe, je dois trouver un emploi et donc mettre mon curriculum vitae à jour.

Je me suis tourné vers mon écran d'ordinateur. DJ s'est levé et s'est dirigé vers la porte. Puis il s'est arrêté, s'est retourné et m'a dit :

— Tu sais, j'irais avec toi en Europe. Si je le pouvais.

Et il est parti.

Je me suis étiré en fixant le plafond. C'était typique de DJ. Il tenait pour acquis que je ne pouvais pas me débrouiller tout seul et qu'il fallait qu'il me protège. Ça m'énervait, mais en même temps, je savais qu'il ferait tout ce qu'il pouvait pour me permettre de réaliser mon rêve. Ses airs supérieurs me rendaient fou, mais nous étions jumeaux. Au plus profond de moi, je savais que si l'un de nous deux avait des problèmes, l'autre ferait tout pour l'aider.

Pourquoi la vie était-elle si compliquée ? J'ai poussé un profond soupir en revenant à mon écran d'ordinateur. Dans l'immédiat, mon problème consistait à faire passer trois mois à faire cuire des hamburgers pour une expérience suffisante pour obtenir un emploi à vingt dollars de l'heure.

DEUX

«Bon après-midi», a dit le notaire en s'installant derrière le plus gros bureau que j'avais jamais vu. Les onze personnes présentes ont murmuré une réponse. Je suis resté silencieux.

Même si la pièce était grande, on s'y sentait à l'étroit avec tout ce monde. Les murs étaient recouverts de bois foncé et une immense étagère vitrée, remplie de livres alignés à la perfection, couvrait entièrement le mur derrière le bureau. Un peu comme si DJ avait rangé la pièce durant l'une de ses crises de propreté.

Les six adultes – ma mère, ses trois sœurs et deux de mes oncles – étaient assis en face du notaire sur d'immenses sofas en cuir rembourrés. DJ et deux de mes cousins étaient quant à eux installés sur trois fauteuils assortis. Mes autres cousins, Bunny et Adam, étaient juchés sur les accoudoirs des canapés. Moi, j'étais debout, derrière. Avant que le notaire n'arrive, maman avait tapoté le bras de son siège en me regardant pour me faire signe d'approcher. Mais j'avais décliné son offre d'un signe de tête. J'étais présent, mais je n'avais pas à être impliqué dans les procédures. Un téléviseur noir à écran plat, installé à côté du bureau, semblait nous regarder.

En entrant, le notaire s'est adressé à nous, essayant de mettre tout le monde à l'aise et racontant comment mon grand-père avait été un homme formidable. Mais je n'écoutais pas. Je pensais plutôt au prix de son complet, qui devait valoir une semaine de vacances en Europe.

Il poursuivait, parlant de la vente d'actifs et du partage des biens entre maman et ses sœurs. C'était une bonne nouvelle pour elle, car cela lui permettrait de souffler un peu. Le chalet resterait dans la famille et nous pourrions tous en profiter. «Génial, me suis-je dit. Maintenant, c'est sûr que c'est là que je vais passer une partie de mon été.» Puis le notaire a dit quelque chose qui a retenu mon attention.

— C'est sans aucun doute la clause la plus originale qu'il m'ait été donné d'inscrire à un testament.

Je n'étais pas le seul à être soudainement intéressé. Le notaire a lentement balayé la pièce du regard. On le fixait tous comme des souris hypnotisées par un serpent.

— Je sais que vous êtes très impatients de connaître la nature de cette clause. Par contre, je ne peux vous en dévoiler la teneur à tous en même temps.

Cette déclaration a immédiatement engendré des cris de protestation.

— S'il vous plaît! S'il vous plaît! a dit l'homme en levant la main pour forcer le retour au silence. Vous saurez tous de quoi il retourne, mais pas au même moment. Certains d'entre vous devront quitter la pièce avant que je poursuive ma lecture.

« Super, me suis-je dit. Tout ce chichi pour que je vienne, et maintenant je dois quitter la pièce avec les autres jeunes. »

— Ainsi, selon les volontés exprimées dans le testament, je demanderais aux petits-enfants…

— Je n'irai nulle part! me suis-je écrié.

Tout le monde s'est retourné pour me regarder. Je n'avais pas eu l'intention de crier, c'était juste sorti tout seul. Quoi? On m'avait forcé à être là, je n'allais pas sortir au moment le plus intéressant!

— Je ne me ferai pas expulser de la pièce! ai-je repris, moins fort.

— Tu sortiras si on te dit de sortir!

Vous pouvez toujours compter sur DJ pour intervenir dans ces moments-là. Il a probablement pensé que je mettais la famille dans l'embarras. Toujours pareil.

— Vous ne comprenez pas, a dit le notaire, il peut rester.

— S'il reste, alors je reste aussi, a répondu DJ.

— Moi aussi, a lancé Webb dans le babillage qui s'élevait dans la pièce.

Le notaire s'est levé et a déclaré sur un ton qui aurait fait la fierté de mes professeurs:

— Est-ce que tout le monde pourrait se calmer? S'il vous plaît! Je fais la lecture d'un testament et un minium de décorum est requis. Par respect pour la personne décédée, vous devez suivre ses instructions. Est-ce bien clair?

Le silence est retombé.

— Je suis désolé, a dit DJ.

— Moi aussi, ai-je répondu piteusement.

— Avant de poursuivre, je dois demander à tous – il m'a regardé durement en disant ça – de respecter à la lettre les conditions du testament. Toutes les conditions.

Comme les autres membres de la famille, j'ai fait oui de la tête.

— Bien sûr que nous acceptons, a dit ma mère.

— Parfait, a ajouté le notaire en se rassoyant. Maintenant, je demande à tout le monde de quitter mon bureau, à l'exception des six petits-fils.

C'était au tour des adultes d'émettre des objections.

— Quoi? a lancé tante Charlotte, la mère de Webb.

— Est-ce que vous venez de dire que tous les adultes doivent sortir? a demandé tante Debbie.

— Oui, a répondu le notaire. Tout le monde, sauf les petits-fils.

J'arborais un large sourire pendant que les adultes quittaient la pièce dans la confusion. Ça avait été stupide de ma part de réagir à partir d'une fausse présomption, mais mes tantes et mes oncles n'avaient guère fait mieux. Ils étaient restés tranquilles simplement parce qu'ils avaient eux aussi faussement interprété les paroles du notaire. Quand ils se sont rendu compte de leur erreur, ils ont, tout comme moi, émis des protestations.

Ma mère a été la dernière à quitter la pièce. En sortant, elle a retourné son sourire à DJ et refermé la porte.

Mes cousins ont pris place dans les fauteuils. Moi, je suis resté debout au fond de la salle.

— Alors messieurs, je suppose qu'aucun d'entre vous n'avait imaginé un tel revirement, a dit le notaire en croisant les mains sous son menton.

— Grand-père était un être de surprises, a dit Bunny.

— Pour cette raison, suis-je intervenu, me sentant plus à l'aise sans les adultes, je crois que nous ne sommes pas tellement étonnés.

— Voilà une perspective intéressante, a souligné le notaire. Dans ce cas, le seul moyen pour votre grand-père de vous surprendre aurait été de ne rien faire pour vous surprendre.

— C'est vrai, ai-je répondu.

— Donc, s'il n'avait rien fait, vous auriez été surpris, ce qui n'aurait pas été une réelle surprise. Cela ressemble à un serpent qui se mord la queue, vous ne trouvez pas ?

— Est-ce que nous pourrions poursuivre, monsieur ? a fait mon frère.

Je lui ai lancé un regard furieux devant tant d'arrogance. Mais il a continué en m'ignorant complètement.

— Je crois que nous sommes tous vraiment impatients de vous entendre.

— J'en suis certain, a répondu le notaire. Mais en fait, ce n'est pas moi qui vais vous parler. C'est votre grand-père.

Une soudaine tension s'est emparée de nous. DJ a regardé vers la porte comme s'il s'attendait à voir grand-père la franchir.

— Je vais vous faire voir une vidéo qu'il a lui-même préparée.

Il s'est retourné pour prendre la manette et l'a dirigée vers la télé.

— J'étais avec votre grand-père lorsqu'il a enregistré ce document, a-t-il continué en appuyant sur un bouton. Je pense que vous serez tous un peu surpris par ce qu'il a à vous dire.

Le notaire a pressé sur un deuxième bouton, et voilà que grand-père est apparu à l'écran.

J'étais captivé. Nous l'étions tous. Je sais que je n'étais pas particulièrement proche de lui, mais de le voir à l'écran, presque d'outre-tombe, avait quelque chose d'étrange.

— Je ne comprends pas pourquoi je dois mettre du maquillage, disait mon grand-père à quelqu'un qui se trouvait à l'extérieur du cadre. C'est de mon testament qu'il s'agit, pas d'une quelconque émission de télévision de fin de soirée.

Et ce n'est pas exactement ce que l'on peut appeler un enregistrement en direct.

Des personnes invisibles se sont mises à rire et je n'ai pas pu m'empêcher de sourire. C'était le genre d'humour noir que j'aimais.

— Bon matin... ou bon après-midi, les garçons, a dit grand-père en se tournant vers la caméra, donc vers nous. Si vous regardez ceci, c'est que je suis mort, même si je me sens tout à fait en vie en ce bel après-midi.

Grand-père ressemblait exactement à l'image que j'avais gardée de lui. Il portait son éternel béret noir et le chandail de laine que ma mère lui avait tricoté quelques hivers plus tôt.

— Je veux commencer par vous dire que je ne veux pas que vous soyez tristes. J'ai vécu une belle vie et je n'en changerais pas une seule minute. Ceci étant dit, j'espère tout de même que vous êtes un peu affectés par mon décès et que je vous manque. Après tout, j'ai été un grand-père incroyable!

Il y a eu des petits rires dans l'assistance, et je dois avouer que même moi, je m'ennuyais de lui, maintenant que je pouvais seulement le voir dans le téléviseur.

— Et vous êtes les meilleurs petits-fils qu'un grand-père peut souhaiter avoir. Je veux que vous sachiez que de toutes les joies que j'ai connues dans ma vie, vous avez été parmi les plus grandes. Des tout premiers instants en votre compagnie jusqu'aux derniers – bien entendu, je ne sais pas ce que seront ceux-ci, mais je suis convaincu qu'ils seront merveilleux. Je tiens à vous remercier d'avoir fait partie de ma vie. D'avoir été une très grande, merveilleuse et chaleureuse partie de ma vie.

C'était fleur bleue et sentimental, je le savais, mais ça n'a pas arrêté la larme qui coulait doucement le long de ma joue. Mon grand-père a tendu la main pour prendre un verre d'eau. Elle tremblait légèrement. Était-ce la nervosité ? Il ne m'avait jamais donné l'impression de pouvoir ressentir la peur.

— Je voulais enregistrer ce que j'ai à vous dire plutôt que de laisser mon notaire vous en faire la lecture. Salut, Johnnie ! a dit mon grand-père, un sourire aux lèvres.

— Salut, David ! a répondu le notaire en lui rendant son sourire.

— Johnnie, j'espère que tu apprécies la bouteille de scotch de vingt ans d'âge que je t'ai offerte, a poursuivi mon grand-père. Et j'espère que tu n'en as pas pris plus d'une gorgée avant la lecture de mon testament !

Grand-père nous a adressé un clin d'œil et le notaire, toujours assis à son bureau, a levé deux doigts.

— Par contre, te connaissant, je suis presque certain que tu en as pris deux.

L'homme a eu l'air embarrassé.

— Il me connaissait très bien, a-t-il avoué.

Je secouais la tête pour essayer de me libérer de ce sentiment d'étrangeté. Mon grand-père décédé nous parlait et s'adressait en même temps à son notaire présent avec nous dans ce bureau, alors qu'il était aussi sur place au moment où mon grand-père avait enregistré ses dernières volontés. C'était à vous donner des frissons dans le dos.

— Je voulais simplement vous dire au revoir en personne ; en fait, j'en avais besoin, dans la mesure du possible. J'ai trouvé ce moyen. La vie est un périple fascinant qui ne vous mène que très rarement où vous pensiez vous rendre. Je n'avais jamais pensé que je deviendrais un vieil homme. En fait, lorsque j'étais enfant, j'avais souvent l'impression que je ne verrais pas le jour suivant, et je ne croyais pas que je vivrais suffisamment longtemps pour devenir vieux. Mais j'ai vécu une longue et merveilleuse vie. J'ai été béni lorsque j'ai rencontré l'amour de ma vie, votre grand-mère Vera. Je trouve triste qu'elle nous ait quittés avant que vous ne puissiez la rencontrer. Je sais que les gens ne disent jamais de mal des personnes décédées – et je compte sur vous pour poursuivre cette tradition –, mais votre grand-mère était tout simplement la femme la plus parfaite en ce monde. Le seul défaut que je puisse lui reconnaître est d'avoir été assez folle pour m'épouser.

Pendant que mon grand-père poursuivait en disant combien il était fier de ses filles, nos mères, et à quel point il avait aimé venir à nos parties de soccer et à nos activités scolaires, mon esprit s'est mis à vagabonder. Quelque chose qu'il avait dit dans la vidéo me titillait. Mes sourcils se fronçaient dans un effort de concentration. Il avait souvent parlé de l'époque où il avait été pilote de l'air pendant la Seconde Guerre mondiale, mais je ne l'avais jamais entendu dire que plus jeune il avait failli mourir. Qu'est-ce que ça voulait dire? Je ne connaissais rien de sa vie avant qu'il ne soit aviateur. Qu'avait-il fait dans sa jeunesse pour penser qu'il pourrait mourir à tout moment? Mystère!

Le scintillement de la télé m'a ramené à mon grand-père et à ce qu'il racontait. Maman m'avait forcé à venir ici aujourd'hui, mais maintenant, même une horde de chevaux sauvages n'aurait pu me traîner hors du bureau.

Grand-père continuait de nous dire à quel point nous lui avions procuré du bonheur.

— Vous, les garçons, les merveilleux et incroyables garçons, avez été une bénédiction… sept bénédictions! Et certaines bénédictions viennent plus tardivement que d'autres.

Du coin de l'œil, j'ai vu DJ sursauter. J'ai compris pourquoi. Nous étions six petits-fils, pas sept. Est-ce que le vieil homme commençait à perdre la tête ? Mon grand-père a eu un léger tremblement dans la voix, qu'il a calmé en prenant une grande gorgée d'eau.

— Mais je ne vous ai pas fait venir ici dans le simple but de vous exprimer le grand amour que j'éprouve pour vous. Faire partie de vos vies a constitué l'une de mes plus grandes réalisations, et je ne l'échangerais pour rien au monde. Par contre, être là pour vous a signifié que je ne pouvais me trouver ailleurs. J'ai accompli beaucoup de choses dans ma vie, mais il semble que le temps ne m'offrira pas le luxe de faire tout ce que j'aurais souhaité accomplir. J'ai donc des demandes. Ce sont mes dernières demandes.

Nous nous sommes tous regardés, perplexes.

— Mon notaire a en sa possession des enveloppes. Il y en a une pour chacun de vous.

Comme si elles avaient été programmées, nos six têtes se sont tournées simultanément vers le notaire. Avec un sourire, il s'est levé et a agité les enveloppes dans notre direction.

— Chacune de ces demandes, de ces tâches, a repris mon grand-père en requérant notre attention, a été déterminée avec soin pour chacun d'entre vous. Vous disposerez de tout le nécessaire pour les accomplir – argent, billets d'avion, guides touristiques. Tout. Je ne vous demande pas de faire des gestes stupides ou imprudents – en tout cas, rien d'aussi imprudent et abruti que ce que j'ai fait moi-même à votre âge.

Encore cette référence à ce qu'il avait fait plus jeune… Que se passait-il?

— Vos parents seront peut-être inquiets, mais je n'ai aucun doute sur vos capacités de réussir. Tout comme je n'ai aucun doute que vous deviendrez tous de parfaits jeunes hommes. Je suis triste de savoir que je ne serai pas là pour vous voir devenir ces hommes incroyables. Mais je n'ai pas besoin d'être là pour savoir que cela se produira. J'en suis convaincu. Tout comme je suis convaincu que je serai là, avec vous, lorsque vous accomplirez mes dernières demandes, et lorsque vous poursuivrez votre chemin de vie.

Le silence régnait dans la pièce, alourdissant l'atmosphère. Nous osions à peine respirer. Grand-père a levé son verre.

— Un dernier toast. Aux plus merveilleux petits-fils qu'un homme pourra jamais avoir! a-t-il dit.

Il a vidé son verre, l'a replacé sur la table et nous a regardés intensément.

— Je vous aime tous tellement. Bonne chance!

L'écran est redevenu noir. Nous avons recommencé à respirer, inconscients même d'avoir retenu notre souffle. Le notaire a éteint le téléviseur.

— Ici, dans mes mains, se trouvent sept enveloppes. Une pour chaque petit-fils, nous a-t-il dit en nous les remettant.

— Vous voulez dire six enveloppes, a précisé DJ, qui exprimait ce qui nous trottait tous dans la tête. Nous ne sommes que six.

— Eh bien, a dit le notaire avec des yeux rieurs, comme je vous l'ai dit tout à l'heure, un autre rebondissement plus qu'intéressant vous attend : Il existe un septième petit-fils.

Après le retour des adultes, qui nous regardaient avec curiosité tout en reprenant leurs places, le notaire a expliqué ce qui venait de se passer et a fait rejouer la vidéo de grand-père. Ma mère et ses sœurs sanglotaient. L'avocat a attendu que le calme revienne et a lâché de nouveau la bombe : il y avait bel et bien un septième petit-fils.

Ce n'était pas un si grand choc pour ma mère et ses sœurs. En fait, grand-père leur avait déjà dit qu'elles avaient une demi-sœur et un neveu. Il leur avait demandé de ne pas nous en parler.

Apparemment, grand-père avait été un joyeux luron par le passé, ce qui lui avait donné une cinquième fille, Suzanne, et un petit-fils qui s'appelait Rennie Charbonneau. Il avait le même âge que DJ et moi, et mon grand-père avait appris son existence quelques mois plus tôt en lisant une rubrique nécrologique.

Je ne pouvais m'empêcher de sourire en me demandant combien de cousins ou de demi-cousins je pouvais bien avoir aux quatre coins du monde. Cette réunion avait assurément valu le déplacement. Elle m'avait permis de découvrir un côté plus personnel de grand-père et m'offrait une quête et un mystère à résoudre. Je fixais l'enveloppe dans mes mains.

— Tu ne l'ouvres pas? m'a demandé ma mère qui s'était placée à mes côtés.

— Non, je vais attendre d'être à la maison.

J'ai regardé autour de moi. La rencontre semblait terminée. Debout, DJ examinait son enveloppe et plusieurs de mes cousins parlaient doucement, blottis contre leurs parents. Je soupesais mon enveloppe. Elle était légère. Il ne semblait pas y avoir grand-chose à l'intérieur. J'avais hâte de découvrir son contenu, mais j'aimais le sentiment d'anticipation, l'inconnu, le mystère. Grand-père avait mentionné des billets, de l'argent et des guides. Après tout, peut-être que l'été ne serait pas aussi ennuyeux que je le pensais…

Nous avons quitté le bureau du notaire. Aussitôt arrivé dans ma chambre, j'ai ouvert l'enveloppe.

Steve,

J'espère que tu es venu à la lecture de mon testament et que tu lis cette lettre avec beaucoup d'ouverture d'esprit. Je sais que toi et moi n'étions pas sur la même longueur d'onde. Nous sommes, après tout, séparés par deux générations, et le monde dans lequel j'ai grandi est très différent du tien. J'espère que cela n'entachera pas notre amitié, même si désormais cette relation se poursuivra à sens unique !

Rosa Luxembourg, l'une de mes héroïnes préférées quand j'avais ton âge, a dit que la liberté a un sens seulement si elle implique le droit de penser différemment. Je crois que c'est un peu la même chose pour l'amitié. Être ami avec quelqu'un qui pense comme toi, qui a les mêmes intérêts, les mêmes croyances, est chose facile. Mais tu y perds toute la richesse de ce qui fait de nous des êtres humains. Recherche le bizarre, l'inhabituel et les idées novatrices de ceux qui pensent différemment de toi.

Désolé d'avoir l'air de te faire la morale. Ce n'est pas mon intention. Je voulais que ta lettre soit aussi longue que celle de ton frère et de tes cousins. Mais elle sera plus courte pour deux raisons :

1) Je sais que tu n'aimes pas les trucs sentimentaux, donc je ne te dirai pas à quel point ton frère et toi étiez mignons à votre naissance. Je te soupçonne d'être aussi sentimental que nous, mais tu préfères sans doute le cacher. C'est sûrement une qualité quand on veut devenir scientifique ou historien, deux métiers qui semblent t'intéresser.

2) Ta tâche est décrite très simplement, mais elle ne sera pas aussi simple à accomplir qu'elle le paraît. Je pourrais certainement te fournir plus d'informations, orienter tes recherches, mais il s'agit de ta quête, pas de la mienne. Tu dois trouver ton propre chemin, prendre tes propres décisions et arriver à tes propres conclusions. Je sais à quel point tu aimes les romans remplis de mystères, je vais donc te fournir une vraie enquête grandeur nature à résoudre.

Il y a quelque temps, j'ai reçu une lettre en provenance d'Espagne. On m'a contacté par l'entremise d'un club auquel j'appartiens. La lettre venait de quelqu'un que j'ai connu il y a plusieurs années et portait une adresse à laquelle je n'avais pas pensé depuis plus de sept décennies.

Cette adresse est liée à une période très importante de ma vie, remplie de dangers et d'amour, et à cette sensation intense de participer à un changement social. Bien sûr, le monde n'a pas changé. Enfin, pas comme je l'espérais. Mais cette époque a été si importante pour moi que je me demande si je n'ai pas passé le reste de ma vie à essayer de la retrouver.

Voici ta tâche: retrouver ces moments. Je ne peux te dire comment faire. Je peux toutefois te donner des indices qui te mettront, je l'espère, sur la voie pour résoudre le mystère de la lettre. Je t'ai donné un indice dans la vidéo, et je peux ajouter l'adresse de la provenance de la lettre. Je ne te la montrerai pas; elle contient des choses personnelles qui n'auraient aucun intérêt pour toi. Mais, à cette adresse, il y a un objet qui m'appartient. Au début, j'avais l'intention d'aller le récupérer moi-même, mais j'ai tardé. Je suppose que j'ai eu peur de revivre cette époque où la vie était si vibrante et remplie de passion que j'ai cru exploser. En fait, c'était tellement intense que je n'en ai jamais parlé à personne. Si tu découvres ce que je crois que tu découvriras, tu seras la seule personne à connaître cette partie de ma vie.

J'ai donné instruction à mon notaire, Johnnie, d'expédier une lettre à cette adresse afin d'aviser les propriétaires de mon décès et de les prévenir de ton arrivée. Ils ne peuvent entrer en contact avec toi que par Johnnie. De ton côté, il te suffit de savoir qu'ils t'attendent. J'espère qu'ils deviendront tes guides dans ta quête.

Steve, tu es jeune et tu as la chance d'être passionné, donc c'est à toi que je transmets cette tâche. Résous le mystère et découvre un peu de cette passion que j'ai ressentie il y a très, très longtemps.

Bonne chance, et n'oublie jamais que je t'aime.

Grand-père

TROIS

J'ai relu la lettre de grand-père et j'ai vidé le contenu de l'enveloppe sur mon lit. Il y avait un bout de papier sur lequel des vers avaient été écrits à la main :

Ils s'accrochaient tels des oiseaux aux express qui oscillaient

À travers des terres injustes, à travers la nuit, à travers le tunnel alpin ;

Ils voguaient par-dessus les océans ;

Ils ont traversé les cols de montagnes. Tous ont offert leur vie.

Les étoiles sont mortes. Les animaux ne regarderont point.

Nous sommes laissés à nous-mêmes avec notre journée, et le temps manque, et l'histoire va aux vaincus.

On peut dire hélas!, mais on ne peut ni aider ni pardonner.

Sur un deuxième bout de papier, plié, il y avait une adresse :

Maria Dolores Caldero Garcia

Carrer de la Portaferrissa, 71

08002 Barcelona

España

À l'intérieur se trouvait une petite clef toute ternie. Elle était vieille et trop petite pour ouvrir une porte. Rien qui donnât un indice quant à son usage.

Les battements de mon cœur se sont ac-célérés à la vue des deux derniers objets que contenait l'enveloppe. Le premier était une note de mon grand-père me disant qu'il avait demandé à son avocat de m'acheter un billet d'avion aller-retour pour Barcelone. Le deuxième était une carte de crédit dont la limite était de 2 000 $. Il n'y manquait que ma signature. Soudainement, ma cause perdue ne l'était plus tant que ça. L'Europe cet été, c'était possible.

Je n'avais pas prévu d'aller à Barcelone. Mais puisque je n'étais jamais allé en Europe, un endroit ou l'autre ferait parfaitement l'affaire. Il n'y avait que deux problèmes : la langue et maman. Je ne parlais pas espagnol, mais j'aimais les langues et je pourrais apprendre quelques phrases clés avant mon départ. Avec maman, ça s'annonçait plus difficile. Allait-elle me permettre de partir seul dans un pays étranger ?

« Je traverserai le pont quand j'arriverai à la rivière. » Pour le moment, je voulais savourer toutes les possibilités qui s'offraient à moi. J'ai inspiré un grand coup. « Merci, grand-papa », ai-je murmuré. J'ai laissé glisser de mes mains les documents, qui se sont éparpillés sur mon lit. C'est alors que j'ai découvert une photo en noir et blanc.

Elle était de la taille d'une carte postale, jaunie et rugueuse. D'un côté, deux personnes se tenaient sous un linteau finement ouvragé. C'était difficile de bien voir les personnages, mais il s'agissait d'un garçon et d'une fille d'environ mon âge. Lui portait de lourdes bottes, un chandail à col ouvert enfoncé dans un pantalon gris, et un veston court en cuir. Il était nu-tête et ses cheveux longs, noirs et épais, étaient séparés au milieu et peignés vers l'arrière.

La fille était vêtue de ce qui ressemblait à une salopette. Elle avait un grand foulard autour du cou et une casquette à visière. Ses cheveux foncés lui arrivaient aux épaules et étaient ramenés derrière les oreilles. Je ne reconnaissais pas ces gens, mais ils avaient l'air heureux. Ils souriaient à la caméra.

Mon regard se tourna vers le linteau où une couronne surplombait un bouclier arborant neuf lignes verticales. Une végétation sculptée dans la pierre descendait de part et d'autre de la porte.

Le mur s'étendait vers la gauche. Il était nu à l'exception du dessin grossier d'un marteau et d'une faucille, et de mots difficiles à lire qui ressemblaient à « Mac » et « Pap ».

Il s'agissait clairement d'une photographie ancienne. Je l'ai retournée pour chercher une date et l'identité des personnes, mais il n'y avait qu'une note écrite en espagnol : « *El fascismo será destruido.* »

J'ai disposé tout le contenu de l'enveloppe en demi-cercle sur mon lit : la lettre, le bout de papier avec le poème, l'adresse, la clef, la note à propos du billet, la carte de crédit et la photographie. J'ai repris la note et la carte de crédit et je les ai déposées un peu plus loin. Ces objets me seraient utiles pour m'aider à résoudre le mystère, mais ils ne constituaient pas des indices, qui étaient au nombre de cinq. Non, six. Dans sa lettre, grand-père avait parlé d'une piste contenue dans la vidéo.

J'ai fermé les yeux et j'ai repassé dans ma tête le message de grand-papa. C'était un discours simple et direct qui s'adressait à ses six – non, sept – petits-fils. Où était l'indice ?...

Mes yeux se sont soudainement ouverts quand j'ai compris. Le seul passage de la vidéo qui n'avait pas de sens était celui où grand-papa avait parlé d'une époque où, plus jeune, il avait pensé mourir. Je ne me rappelais pas ses paroles exactes, mais je me souvenais de m'être demandé ce qu'il avait fait avant la guerre. Se pourrait-il que les événements mystérieux se soient déroulés à cette époque ?

J'ai repris et analysé à nouveau la lettre. Et j'ai trouvé : « Une adresse à laquelle je n'avais pas pensé depuis plus de sept décennies. » C'était donc cela. Il parlait de faits survenus à la fin des années 1930, *avant* le déclenchement de la Deuxième Guerre mondiale. Le mystère de mon grand-père était lié à Barcelone, dans les années qui précédaient la guerre de 1939-1945.

Je me sentais bêtement heureux. Je partais pour l'Europe, et j'avais déjà progressé dans ma tâche à accomplir. Quels autres indices pouvais-je déchiffrer ?

Je me suis rendu à mon bureau et j'ai pris une feuille d'imprimante. J'ai noté systématiquement les objets de l'enveloppe en identifiant ceux qui pouvaient être des indices. J'ai ajouté un point d'interrogation à côté de ceux qui me laissaient dans le doute. J'ai rayé les indices que je pensais avoir déjà résolus.

« La lettre

Rosa Luxemburg ?

~~La vidéo~~

~~Il y a plus de sept décennies~~

Des fragments du poème

« Ils s'accrochaient tels des oiseaux »

« Les étoiles sont mortes. »

L'adresse :

Maria Dolores Calderon Garcia

Carrer de la Portaferrissa, 71

08002 Barcelona

España

La clef : Qu'est-ce qu'elle ouvre ?

La photographie

Le lieu et la date où elle a été prise ?

L'identité des personnes?

La signification des écrits sur le mur?»

En me rassoyant, j'ai parcouru ma liste. Même en tenant pour acquis que je n'avais rien manqué d'important, ça ne voulait pas dire grand-chose. Mais c'est tout ce que je possédais. J'ai pris une deuxième feuille pour y inscrire ce que j'avais trouvé.

« Barcelone

Fin des années 1930

Événements dangereux, passionnants, dramatiques »

La liste était courte. J'ai ouvert l'ordinateur et tapé «Rosa Luxemburg» dans le moteur de recherche. Il y avait presque deux millions de résultats. J'ai rapidement découvert qu'elle avait été communiste une centaine d'années auparavant et qu'elle a été assassinée durant la révolution à Berlin, en 1919, avant même la naissance de mon grand-père. J'ai trouvé la citation que ce dernier avait mentionnée à propos de la liberté, mais j'ignorais ce qu'elle signifiait. Et puis je me suis souvenu d'autre chose. J'ai examiné la photo. Le marteau et la faucille, barbouillés sur le mur à côté de la porte, étaient le symbole du communisme. Rosa Luxemburg était communiste. Est-ce qu'il y avait un lien? J'ai ajouté «Communiste?» sur ma liste et j'ai rayé Rosa Luxemburg. Au tour des poèmes maintenant.

Entre guillemets, j'ai tapé: «Ils s'accrochaient tels des oiseaux aux express qui oscillaient.» Trente-huit résultats se sont affichés. Ils provenaient tous d'un poème intitulé *Spain,* de W. H. Auden. J'ai écrit dans le moteur de recherche: «Les étoiles sont mortes. Les animaux ne regarderont point.» Et j'ai trouvé cent trente-trois résultats liés à l'auteur Auden et à son œuvre *Spain.* J'en ai déniché une copie et j'ai lu ce très long poème au complet. Je n'arrivais pas à y comprendre grand-chose, car l'auteur sautait d'un sujet à l'autre, des cartes d'assurance aux luttes de classes en passant par les problèmes liés aux radiations. La poésie n'a jamais été mon fort. La seule chose qui semblait avoir un sens est que le poème avait été écrit en 1937. J'ai ajouté «1937?» à ma liste et j'ai recopié les fragments du poème sur mon autre feuille. J'espérais que l'adresse m'éclairerait, et ce fut le cas.

Google Maps m'a montré une rue pavée et étroite, dans un endroit appelé le Quartier gothique de Barcelone. Le site m'a guidé entre les murs des vieux édifices où les balcons sont si près les uns des autres qu'on peut facilement cracher de l'autre côté de la rue. Arrivé au 71, j'ai arrêté et changé l'angle de vision. Je me suis presque étouffé. Juste en face de moi, remplissant tout mon écran, se trouvait le portique de la photo.

Il n'y avait évidemment personne sous celui-ci et la porte – lourde et en bois sculpté – était fermée. Mais la couronne et le bouclier au-dessus de l'entrée ainsi que la sculpture tout autour ne laissaient aucun doute. J'ai fixé la photo un long moment puis j'ai noté: «Photo prise à Carrer de la Portaferrissa, 71. Mais quand?»

La porte. Était-ce là qu'avait habité – ou qu'habitait toujours – Maria Dolores Calderon Garcia? Serait-elle ma guide? Est-ce que c'était la fille sur la photo? Si oui, elle devait être très vieille aujourd'hui. Aussi vieille que mon grand-père. Était-ce lui à côté d'elle? C'était possible, si la photo avait été prise à la fin des années 1930.

J'ai secoué la tête. Je ne devais pas sauter aux conclusions. Je devais laisser les indices me donner des réponses et m'y fier uniquement quand j'étais certain d'avoir les bonnes. C'est ce qu'Hercule Poirot faisait. Je me suis dit qu'il faudrait que je demande à maman si elle avait de vieilles photos de grand-papa et j'ai poursuivi mon analyse.

Ma recherche pour «Mac» a donné des millions de résultats, et j'en ai eu rapidement assez, car la liste ne traitait que d'ordinateurs Macintosh. Pour «Pap», c'était un peu mieux. Les résultats étaient plus variés et touchaient des sujets aussi divers qu'un test de cancer, le Peoples Action Party de Singapour ou la Législature panafricaine. Mais rien qui laissât supposer que quelqu'un aurait pu écrire «Mac» et «Pap» sur un mur en Espagne, en 1937.

La phrase en espagnol, «*El Fascismo será destruido*», signifie: «Le fascisme sera vaincu.» La recherche sur cette citation ne m'a mené qu'à des sites bizarres sur la fin du capitalisme et l'apocalypse. J'ai écrit «Le fascisme sera vaincu» uniquement parce que je trouvais ma liste trop courte. C'était une autre voie sans issue. Une cause perdue. Pour le moment, je ne voyais qu'une dernière avenue à explorer.

J'ai pris la photo et je me suis dirigé vers la cuisine où maman préparait un spaghetti sauce à la viande pour le souper.

— Est-ce que tu connais cette personne? ai-je demandé en lui montrant la photo.

J'ai cru qu'elle allait laisser tomber sa cuiller.

— Où as-tu eu ça?

— C'était dans l'enveloppe que grand-père m'a donnée. Est-ce que c'est lui?

— Oui, c'est lui. Il est très jeune sur cette photo et je ne connais pas la fille qui est avec lui. Je ne sais pas non plus à quel moment la photo a été prise.

— Elle a été prise à Barcelone, je pense, autour des années 1937-1938.

— Ça se tient. Il a l'air d'avoir à peu près ton âge là-dessus.

Ma mère m'a regardé.

— Je n'avais jamais remarqué à quel point tu lui ressembles, a-t-elle continué.

Je n'avais rien perçu moi non plus. C'était difficile de voir la ressemblance avec la coupe de cheveux un peu étrange de mon grand-père.

— Est-ce que tu sais pourquoi il était en Espagne à cette époque?

Maman a fait non de la tête.

— Je ne sais presque rien de sa jeunesse. Je sais qu'il a été pilote pendant la guerre, mais avant ça? Je ne pense pas qu'il en ait jamais parlé.

«Ça aurait été trop facile», me suis-je dit.

— Merci!

Et je suis reparti vers ma chambre.

— Que veut-il que tu fasses? m'a demandé maman tandis que je m'éloignais.

J'ai grincé des dents et je me suis lentement retourné. Est-ce qu'elle me laisserait partir ? Je ne voulais pas aborder le sujet maintenant. J'avais besoin de temps pour réfléchir à la façon dont j'allais lui présenter la chose. Mais là, je ne pouvais plus reculer. Il fallait que je réponde.

— Grand-père veut que j'aille en Espagne.

À cet instant, DJ est sorti de sa chambre. Il souriait tellement qu'on aurait dit que sa figure allait craquer.

— Je vais gravir une montagne en Tanzanie!

QUATRE

— Réunion de famille! a décrété ma mère.

J'ai grimacé. Maman a baissé le feu de la cuisinière et nous a menés, DJ et moi, vers la table de la cuisine.

— L'Espagne? La Tanzanie? Que se passe-t-il?

— C'est la requête de grand-papa, a dit DJ en s'assoyant. Il m'a demandé de répandre ses cendres du haut du Kilimandjaro.

— Tu pars seul en Afrique escalader une montagne?! C'est fou!

J'étais content que ce soit DJ qui ait lâché le morceau le premier et qui fasse les frais des inquiétudes de maman.

— Tout va bien, a répondu DJ calmement.

Il a toujours été meilleur que moi pour rester imperturbable lors de discussions avec maman.

— Grand-papa a tout arrangé. Je prends l'avion seul, mais un guide m'attendra à l'aéroport et je serai accompagné pendant l'escalade.

J'ai vu maman tressaillir au mot « escalade », mais DJ était en parfait contrôle.

— En fait, a-t-il continué, ce n'est pas vraiment de l'escalade, c'est plus comme une longue randonnée. Il faut juste y aller tranquillement à cause de l'altitude. Et grand-papa a tout prévu : les billets d'avion, les guides, l'argent, tout. Ça va être un jeu d'enfant. Vraiment !

Maman a eu l'air un peu rassurée et j'ai silencieusement remercié DJ d'être aussi calme et responsable.

— Et qu'est-ce qu'il t'a demandé de faire ? a-t-elle dit en se tournant vers moi.

J'ai plongé en m'inspirant de la performance de DJ.

— Il souhaite que j'aille à Barcelone afin de découvrir ce qu'il y a fait dans les années 1930, au moment où la photo que je t'ai montrée a été prise, ai-je répondu sous les encouragements muets de DJ. Il fournit le billet d'avion, une carte de crédit et il m'a donné l'adresse d'un contact.

— Hum… Je ne sais pas.

Maman semblait troublée. J'ai poursuivi sur ma lancée.

— Barcelone est vraiment moins loin et plus civilisé que la Tanzanie. Et puis, j'ai l'adresse et le nom de la personne qui va être mon guide pendant mon séjour.

Je trafiquais un peu la vérité, mais je ne voulais pas que maman s'inquiète.

— Il a vraiment l'air d'avoir tout prévu, a-t-elle dit sur un ton soucieux. Je vais devoir réfléchir à tout ça et en parler avec Vicky, Deb et Charlotte.

— Tout ira bien, a dit DJ. Nous avons dix-sept ans, nous sommes responsables, et grand-papa a tout organisé. Nous resterons en contact avec toi et tout va aller à merveille. Ce sera une aventure fabuleuse pour nous deux, et ce sont les dernières volontés de grand-papa.

Il savait jouer du sentiment aussi bien que maman.

— Vous avez probablement raison. Mais c'est très soudain, et je me sens dépassée par les événements. Je veux que vous accomplissiez les dernières volontés de votre grand-père, mais j'ai besoin de temps pour me faire à l'idée. Et puis, il va y avoir plein de détails à organiser. Nous en reparlerons plus tard.

J'ai vu une larme glisser du coin de son œil.

— Je vous aime, les garçons, a-t-elle ajouté.

— Nous aussi, maman, avons-nous répondu en chœur.

— Si ça te va, a repris DJ, dès que nous serons prêts, nous viendrons te voir pour que tu nous aides. N'est-ce pas, Steve?

— C'est sûr! ai-je répondu.

DJ se débrouillait très bien et j'étais content de le laisser aller.

— Nous aurons besoin de plusieurs choses pour nos voyages: vêtements, sacs à dos, guides touristiques, sans parler des assurances, a-t-il continué. Peux-tu nous aider?

DJ avait eu un éclair de génie. Maman détestait l'idée que nous puissions, en grandissant, ne plus avoir besoin d'elle. Il suffisait de l'impliquer dans nos vies, de lui demander son aide et de lui donner une tâche à accomplir pour qu'elle soit heureuse.

— D'accord, a-t-elle dit en reprenant son aplomb. C'est une bonne idée et je serai heureuse de vous aider tous les deux. Mais pour tout de suite, a-t-elle ajouté en se levant, il faut que je prépare le spaghetti. Je vous appellerai quand ce sera prêt.

Je me dirigeai vers ma chambre, DJ sur les talons.

— Je pense que ça va aller, a-t-il dit dès que la porte de ma chambre s'est refermée.

— Oui, ai-je répondu. Tu as fait un travail extraordinaire en rassurant maman et en lui demandant son aide. Dis, tu as vraiment un guide qui t'attend là-bas?

— Oui. Pas toi?

— J'ai un nom et une adresse, ai-je répondu, embarrassé. Mais grand-père ne parle pas vraiment d'un guide. Tu ne diras rien à maman, hein?

— Ne t'inquiète pas, a-t-il répliqué en riant. Je ne dirai rien. Qu'est-ce que tu dois faire au juste? Moi, ma tâche est simple : escalader une montagne. Toi, ça semble assez flou.

— Grand-père a été assez vague, oui.

Il ne m'a fallu qu'une seconde pour décider de partager le contenu de mon enveloppe avec DJ. Je lui devais bien ça après la façon dont il avait arrangé la situation avec maman. Et surtout, je dois avouer que j'étais fière de ce que j'avais découvert jusque-là. J'ai tout montré à DJ, incluant ma liste d'indices et les conclusions auxquelles j'étais arrivé.

— Ce n'est pas beaucoup, a-t-il résumé lorsque j'ai eu fini.

J'étais un peu déçu de sa réponse.

— Mais je suppose que c'est ça, un mystère, a-t-il poursuivi avant que je ne sois contrarié.

— Je le pense, mais j'aimerais en apprendre un peu plus avant de partir.

— Je peux certainement t'aider, m'a-t-il dit d'un air rusé.

— Comment?

— Le slogan sur le mur de la photo.

— Le symbole communiste?

— Non, pas ça, a-t-il dit, un large sourire aux lèvres. L'autre partie.

— Mac et pap? J'ai lancé une recherche sur Google et je n'ai rien trouvé d'utile.

— As-tu fait une recherche avec les deux mots ensemble?

— Non…

J'ai sauté sur mon ordinateur et j'ai tapé « mac pap ». Le tout premier résultat sur Wikipédia parlait du bataillon Mackenzie-Papineau, bien connu sous le nom des Mac-Paps. DJ attendait patiemment, sans se départir de son sourire, pendant que je lisais les informations.

Les Mac-Paps ont été formés en Espagne en 1937 par des Canadiens partis combattre durant la guerre civile espagnole. Ils faisaient partie des

Brigades internationales qui regroupaient des milliers de socialistes et de communistes provenant de cinquante-trois pays différents. Ils étaient partis vers l'Espagne pour aider le gouvernement à combattre le coup de force de l'armée fasciste. Ils se sont battus bravement, mais ils ont perdu et ont quitté l'Espagne en 1938.

— Tu connaissais cette histoire? ai-je demandé à mon frère.

— Je t'avais dit de suivre le cours d'histoire, a-t-il répondu en riant. Tu te souviens de ce voyage d'études à Ottawa? L'un des endroits que nous avons visités est le monument à la mémoire du bataillon Mackenzie-Papineau. Apparemment, ce sont près de mille six cents Canadiens qui sont partis se battre en Espagne. Seulement la moitié d'entre eux en sont revenus. Est-ce que tu penses que ça peut expliquer la présence de grand-père en Espagne?

— Peut-être bien… Les années concordent, et une guerre, c'est dangereux.

J'ai écrit «Mac-Paps» sur ma liste, puis, après réflexion, j'ai ajouté un point d'interrogation.

— Il se pourrait aussi, ai-je poursuivi, que le graffiti ne soit qu'une coïncidence.

— Tu feras un bon scientifique. Tu ne tires jamais de conclusion tant que tu n'es pas certain. Mais as-tu relevé la devise des Mac-Paps?

Je suis rapidement retourné à mon clavier pour effectuer une nouvelle recherche.

— Bien sûr! Leur devise était «Le fascisme sera vaincu», exactement ce qui est écrit au dos de la photographie.

DJ a acquiescé et s'est levé.

— Un autre morceau de ton mystère vient d'être résolu. Nous avons donc une montagne *et* un mystère. Je me demande ce que les autres ont à faire? a-t-il conclu en se dirigeant vers la porte. Bonne chance avec tes trucs espagnols.

— Bonne chance avec ta montagne!

Puis, comme il partait, j'ai ajouté:

— Et merci pour ton aide.

— Pas de problème, petit frère, a-t-il conclu en réapparaissant à la porte de ma chambre et en m'adressant un gros clin d'œil.

— Toi aussi, frérot, ai-je répondu à la porte fermée.

J'étais tellement heureux que je ne pouvais pas être irrité de son attitude de «grand frère qui sait tout». DJ avait été d'un grand secours, tant avec maman qu'avec les Mac-Paps. Je progressais. Du coup, deux fragments du poème s'imbriquaient dans le casse-tête.

Je compris que «Ils», dans le premier vers, désignait les volontaires de la Brigade internationale venus du monde entier pour combattre les fascistes.

Ils s'étaient accrochés aux trains express, avaient vogué sur les océans et traversé les montagnes pour offrir leur vie. Mais ils ont été vaincus. C'était la signification de : «L'histoire va aux vaincus/On peut dire hélas!, mais on ne peut ni aider ni pardonner.» Le graffiti n'était pas une coïncidence. J'ai rayé le point d'interrogation.

Donc, mon grand-père était parti combattre durant la guerre en Espagne, entre 1937 et 1938. C'était dangereux et spectaculaire. J'avais l'adresse où il s'était arrêté à Barcelone. Et il avait peut-être été communiste. J'en avais appris beaucoup et j'en apprendrais davantage sur les Mac-Paps, la guerre civile espagnole et les communistes. Mais il restait encore une foule de questions sans réponse. Pourquoi était-il parti? Qu'avait-il fait là-bas? Pourquoi n'en avait-il jamais parlé à personne? Qui était la fille sur la photo? Quel était l'objet qui lui appartenait et que je trouverais à cette adresse? Il restait suffisamment de mystère pour maintenir mon intérêt.

CINQ

J'ai plissé les yeux pour mieux voir, au travers du hublot, les montagnes des Pyrénées, dont les sommets étaient illuminés par le soleil. Est-ce que grand-père avait marché péniblement, de nuit, à travers les vallées étroites ou les cols vertigineux, terrifié à l'idée qu'un rocher ne se détache de la paroi et alerte les douaniers? Probablement. Selon les recherches que j'avais entreprises depuis la lecture du testament, la plupart des volontaires étrangers avaient traversé la frontière à pied pour rejoindre les Brigades internationales en Espagne. J'étais content de prendre l'avion. J'en étais à la dernière étape de mon voyage, sur un vol nolisé de nuit reliant Manchester à Barcelone, et j'étais entouré de touristes attirés par les plages et le rhum bon marché de la côte méditerranéenne.

S'il était vrai que mon grand-père se trouvait en Espagne vers 1937-1938, il était arrivé à la fin de la guerre d'Espagne. Les combats avaient commencé à l'été 1936, lorsque l'armée avait orchestré une révolte fasciste contre le gouvernement républicain élu. La tentative de coup d'État des militaires avait échoué parce que des ouvriers, surtout ceux de Madrid et de Barcelone, avaient pris les armes et avaient combattu. Cette révolte a conduit à la guerre civile qui s'est poursuivie jusqu'en 1939. La guerre a pris un tournant international lorsque Hitler, de l'Allemagne nazie, et Mussolini, de l'Italie fasciste, ont soutenu l'armée espagnole en lui fournissant des milliers de soldats, des chars d'assaut, des avions et des armes.

Ce qui m'a renversé durant mes lectures sur la guerre, c'est le peu d'aide que les pays démocratiques – la Grande-Bretagne, la France, les États-Unis et le Canada – ont fournie à la République espagnole. Ils ont refusé de procurer des armes ou des provisions au gouvernement, alors que l'Allemagne et l'Italie fasciste déversaient leur soutien sur l'armée espagnole. J'ai découvert que le premier ministre canadien de l'époque, William Lyon Mackenzie King, avait écrit dans son journal qu'il pensait que Hitler «aimait vraiment ses semblables» et qu'il avait des «yeux doux»! Comment peut-on autant se tromper sur quelqu'un? Plus je lisais sur le sujet, plus je me mettais en colère. Je me suis demandé si ce n'était pas cette même colère qui avait mené mon grand-père en Espagne pour aller combattre.

L'avion a amorcé sa descente et j'ai eu une vue magnifique du soleil se levant au-dessus de la vaste mer Méditerranée.

— Regardez ces plages, a dit la femme d'âge mûr assise à côté de moi en les montrant du doigt.

Lorsqu'on a décollé de Manchester, avant que j'aie pu faire semblant de dormir, elle m'a raconté qu'elle venait de Wigan, au nord de l'Angleterre, qu'elle s'appelait Elsie et qu'elle voyageait avec trois collègues de travail à destination de Costa Brava.

— Deux semaines de plage, de soleil et d'apéros. Ce sera la fête ! a-t-elle ajouté en m'enveloppant d'une forte odeur de parfum bon marché. Et toi, tu pars à la recherche d'une jeune fille ? a-t-elle demandé en me lançant un clin d'œil prononcé et en me donnant un coup de coude pendant que l'avion atterrissait en douceur.

— Je vais chercher mon grand-père, ai-je répondu.

Elle a eu l'air déçu.

— Ah, il habite ici ?

— Il est mort. Mais je crois qu'il s'est battu ici, pendant une guerre qui a eu lieu il y a bien longtemps.

Elsie m'a jeté un long regard.

— De jeunes hommes comme toi ne devraient pas se préoccuper de vieilles histoires ennuyeuses. C'est le présent qui compte, pas le passé.

Elle s'est tournée vers son amie assise près d'elle et lui a dit :

— Edna, ce jeune homme ne sait pas quoi faire de ses vacances. Qu'est-ce que tu dirais si on le prenait avec nous pour lui montrer comment profiter de la vie ?

Edna était plus jeune qu'Elsie, bien que, sous sa couche de maquillage, son âge fût difficile à évaluer.

— Viens avec nous, fiston ! a-t-elle insisté en me lorgnant de façon terrifiante. Je vais m'occuper de toi.

J'ai dû sembler nerveux, car Elsie s'est mise à rire en me disant :

— Ne t'inquiète pas, mon gars. Je ne laisserai pas Edna poser ses griffes sur toi. Mais ne sois pas si sérieux. Garde-toi du temps pour le plaisir.

— Promis, ai-je dit au moment où les roues atteignaient le bout de la piste.

Je tentais de me montrer sûr de moi, mais je n'avais jamais été aussi fébrile de toute ma vie. J'arrivais seul dans une ville étrangère avec rien d'autre qu'une adresse. Et si la personne à cette adresse ne voyait aucun intérêt à me venir en aide? Qu'est-ce que j'allais faire pendant ces deux semaines? Si je réfléchissais de façon rationnelle, je savais que tout irait bien. J'avais une carte de crédit, un peu de liquidités, un guide touristique et je connaissais quelques mots d'espagnol. Je m'en sortirais, mais je me sentais affreusement seul. Ma tâche me rendait anxieux. J'excellais pour résoudre des problèmes ou des difficultés concrets qui demandaient une solution concrète. La requête de mon grand-père n'était pas claire. Qu'étais-je censé trouver? À ce moment, une partie de moi aurait souhaité être en vacances sur la plage, l'esprit libre et tranquille.

— Allez, viens! a lancé Elsie à Edna pendant qu'elle farfouillait pour trouver ses affaires dans le porte-bagages au-dessus de son siège. Rendons-nous à la plage le plus vite possible.

Pendant que les touristes, vêtus de couleurs vives, parlaient joyeusement en se mettant en file dans l'allée, elle m'a dit:

— Si tu t'ennuies avec tes trucs historiques, nous sommes à l'hôtel Miramar, à Lloret de Mar. Trouve-toi une jolie jeune fille et viens nous voir. Il paraît que la discothèque fait jouer beaucoup de cette musique hip-hop que vous aimez, vous, les jeunes.

— J'essayerai, ai-je conclu en esquissant un faible sourire et en attrapant mon bagage à main.

Le temps que je récupère mon sac à dos, que je fasse la file pour passer les douanes espagnoles – ce qui a pris une éternité –, que j'arrive à traverser le flot de touristes qui circulaient et que je trouve la sortie de l'aéroport, j'étais épuisé. Pourtant, il n'était même pas sept heures du matin.

Partout où je regardais, les trottoirs ressemblaient à une mer grouillante de gens en sueur qui tiraient de lourdes valises contenant assez de vêtements pour trois mois et qui jouaient du coude à travers des files d'attente sinueuses en attendant des taxis ou en hélant un autobus d'hôtel déjà plein à craquer. La perspective de rester là toute la matinée ne m'enchantait guère. Mon guide touristique affirmait que si je me dirigeais sur la rue principale, j'y trouverais des autobus qui faisaient la navette jusqu'au centre-ville de Barcelone. J'ai mis mon sac à dos sur mes épaules et je me suis mis en route.

Dès que j'ai quitté l'aéroport et les foules, je me suis senti mieux. Le paysage environnant était plat, sans arbres, quadrillé d'autoroutes avec, ici et là, quelques bâtiments industriels. La rue était tranquille et le vent soufflait une chaleur agréable même si le soleil se levait à peine. Je me sentais bien. J'étais totalement confiant et autonome, même si je ne faisais que prendre un autocar.

À l'arrêt d'autobus, j'ai allumé mon cellulaire : j'avais un message texte.

Salut, maman et Steve. J'espère que vous allez bien. Ici tout va bien. Me prépare à l'ascension. Prévois 2 jours pour monter et 1 pour redescendre. Reprends l'avion peu après et serai de retour à la maison dans moins de 5 jours. Ne vous inquiétez pas pour moi. Tout est parfait. À bientôt... Et petit frère, rappelle-toi : si tu as besoin d'aide, je ne suis qu'à un texto de toi.

Fidèle à son arrogance, DJ s'apprêtait à escalader une montagne comme s'il prenait un train. Et c'était probablement vrai. Facile pour lui, avec des guides et tout, alors que j'étais dans un pays étranger sans la moindre idée de ce que je devais y faire.

J'ai failli ignorer le message, puis j'ai répondu :

J'accomplis ma tâche. Si TU as besoin d'aide, fais-le-MOI savoir.

Le premier autobus que j'ai vu indiquait Plaça de Catalunya. Je savais que Catalunya était au centre-ville et pas très loin du Quartier gothique, où je devais me rendre. C'était donc parfait, sauf que l'autobus était plein. C'était un long véhicule articulé, bondé d'hommes et de femmes, assis ou debout, portant jeans, t-shirt, blouson et casquette. Ils occupaient chaque centimètre de l'habitacle. Pas un seul veston ni une seule cravate en vue. Ce n'étaient clairement pas des employés de bureau.

Je me suis reculé, prêt à attendre le prochain autobus. Mais le véhicule s'est arrêté et les portes se sont ouvertes. J'ai attendu que des gens descendent, mais rien ne s'est produit. Tout le monde restait à bord. J'ai jeté un regard à l'intérieur, par la double porte au centre de l'autobus où une mer de visages bronzés me souriait. J'hésitais. Il n'y avait claire-ment pas de place. Un chœur de mots inintelligi-bles s'est alors fait entendre pendant que des signes de main m'invitaient à monter. Déconcerté, j'ai mis le pied sur la première marche. J'ai été immédia-tement attrapé et hissé à bord, prenant place parmi tous ces corps collés les uns aux autres. Mon sac à dos a disparu vers le fond de l'autobus en passant par-dessus tout le monde et les portes se sont refer-mées. L'autobus a redémarré brusquement. Je me sentais comme une sardine et je me suis demandé si je reverrais un jour mon bagage.

Le gars à côté de moi, son visage à quelques centimètres du mien, m'a dit en souriant :

— *Benvingut? Com estàs?*

Voilà des mots que je n'avais pas appris. En fait, avec sa prononciation, ça ne ressemblait même pas à de l'espagnol.

— *Hola*, ai-je tenté, *Buenos días. Mi nombre es Steve.*

L'homme a hoché la tête. Il avait le teint foncé, comme ses cheveux et ses yeux, et la barbe longue. Même son blouson de cuir était noir.

— Non, pas *espanyol,* a-t-il dit en lâchant la barre pour montrer sa tête du doigt. *Catalan,* a-t-il ajouté en faisant un signe de la main pour englober tous les gens dans l'autobus, et il a répété: *Catalan.*

J'ai hoché la tête. J'avais lu que les gens de Barcelone se disaient Catalans au lieu d'Espagnols, mais je n'avais pas compris qu'ils parlaient complètement une autre langue.

— Aina! a crié l'homme par-dessus son épaule.

Un branle-bas s'est fait sentir dans l'autobus bondé et une jeune femme s'est frayé un chemin jusqu'à nous. Je ne voyais que sa tête avec ses cheveux noirs retenus en arrière par un chignon. L'homme lui a longuement parlé, sans que je comprenne un mot. Elle m'a regardé et m'a souri, ses dents blanches contrastant avec sa peau couleur olive.

— Vous êtes Français? m'a-t-elle demandé.

— Je suis Canadien, ai-je répondu.

Elle a hoché la tête comme si ça expliquait tout.

— Bienvenue en Catalogne, a-t-elle poursuivi. Je m'appelle Aina. Vous diriez Anna dans votre langue. Voici mon ami Agusti, dit-elle en tournant la tête vers celui qui avait essayé de me parler. Il ne parle que catalan. En fait, il parle espagnol, mais il n'aime pas ça, a-t-elle affirmé tout bas alors que l'homme lui lançait un regard cinglant.

— Vous parlez très bien français, lui ai-je dit.

Aina a souri une fois de plus.

— Merci. J'ai travaillé comme serveuse à Paris pendant deux ans. Aujourd'hui, Agusti et moi travaillons à l'usine de boîtes d'engrenage d'automobile.

— De transmission? ai-je suggéré.

— Oui, a-t-elle répondu. Comment t'appelles-tu?

— Steve.

Aina avait l'air perplexe.

— Steven, ai-je ajouté.

— Ah, Steven. En catalan, on dit Esteve, et en espagnol, c'est Esteban. Tu es venu ici en vacances pour profiter de nos plages et de notre soleil?

Avant que je puisse répondre, l'autobus s'est arrêté, et plusieurs personnes sont descendues et se sont dirigées vers un vaste complexe industriel. Ça a libéré un peu d'espace, mais le groupe formé autour de moi restait en place tandis qu'Aina leur parlait en catalan. Je présume qu'elle leur racontait notre conversation, car ils m'examinaient en souriant. Alors que l'autobus repartait, elle m'a regardé en attendant que je poursuive.

— Je ne suis pas venu pour les plages, ai-je dit en repensant à mes compagnes de voyage dans l'avion. Je suis ici pour découvrir ce qui est arrivé à mon grand-père il y a plusieurs années.

— Ton grand-père était à Barcelone?

— Oui, en 1937 ou 1938. Je pense que c'était un soldat pendant la guerre.

Aina est soudainement devenue très fébrile et a débité un flot de paroles en catalan, dont la seule partie que j'ai comprise était *Brigadas Internacionales*. Tout à coup, tout le monde s'est mis à parler en même temps, jouant du coude pour venir me taper dans le dos comme si j'étais un héros. J'étais content et gêné en même temps.

Quand le calme est un peu revenu, Aina m'a expliqué:

— Les étrangers qui sont venus combattre pour l'Espagne et la Catalogne sont nos héros de guerre.

Une voix masculine, quelque part derrière Aina, a entonné une chanson que tout le monde a rapidement reprise.

Viva la Quince Brigada,
rumba la rumba la rumba la.
Viva la Quince Brigada,
rumba la rumba la rumba la
que se ha cubierto de gloria,
¡Ay Carmela! ¡Ay Carmela!
que se ha cubierto de gloria,
¡Ay Carmela! ¡Ay Carmela!

Aina s'est penchée pour me crier à l'oreille :

— C'est une chanson de la Quinzième Brigade, qui s'est couverte de gloire. Ton grand-père était-il dans la Quinzième Brigade ?

— Je ne sais pas ! ai-je hurlé en retour.

Presque tout l'autobus chantait à présent.

— Je suppose que c'est ce que je dois découvrir.

Aina a jeté un coup d'œil par la fenêtre.

— Nous sommes presque arrivés au travail.

Elle a fouillé dans son sac à bandoulière pour trouver un morceau de papier sur lequel elle a noté un mot avant de me le donner.

— Voici le nom et l'adresse de Pablo Aranda, le grand-père de mon cousin. C'est un vieil homme, mais il vit toujours. Il habite un village près de l'Ebre. Enfant, pendant la guerre, il a été secouru par des soldats. Si tu vas dans ce village, il pourra peut-être te raconter son histoire.

Aina a hésité et m'a regardé en fronçant les sourcils.

— C'est un vieil homme étrange. Il ne te donnera peut-être pas ce à quoi tu t'attends ni ce que tu espères, mais il fait partie de l'histoire. Si tu veux découvrir ce qui s'est passé, tu dois aller jusqu'au bout, pas seulement croire ce que tu aimerais qu'il se soit passé.

J'ai lu la note : «Pablo Aranda, Avinguda Catalunya, 21, 43784 Corbera d'Ebre.»

— Merci, ai-je répondu.

J'ai voulu lui demander ce qu'elle entendait par «vieil homme étrange», mais j'ai été interrompu par son sourire. La chanson s'était éteinte et l'autobus ralentissait.

— Reste sur le circuit Plaça Catalunya, a-t-elle repris. C'est le centre de Barcelone. De là, tu vas pouvoir aller n'importe où. Bonne chance!

Tous les travailleurs sont descendus de l'autobus. Presque tous m'ont souri, plusieurs m'ont serré la main et m'ont lancé ce qui semblait être un «bonne chance». Comme l'autobus repartait, Aina, debout sur le trottoir, m'envoyait la main. Je me sentais bêtement heureux. Si tous les Espagnols, ou plutôt les Catalans, étaient aussi amicaux, ma tâche serait agréable. En plus, j'avais une nouvelle adresse. Je semblais les collectionner.

SIX

— Plaça Catalunya, a annoncé le chauffeur d'autobus.

Il ne restait qu'une demi-douzaine de personnes dans l'autobus : cinq travailleurs de bureau qui étaient montés un peu plus tôt, et moi. J'ai attrapé mon sac à dos qui était sur le porte-bagages à l'arrière de l'autobus, j'ai lancé un «*gracias*» au chauffeur et je suis descendu. Ce n'est qu'une fois sur le trottoir, alors que je regardais s'éloigner l'autocar, que je me suis rendu compte que je n'avais pas payé le trajet. Le chauffeur n'avait rien dit, j'ai donc pensé qu'Aina, ou quelqu'un d'autre, l'avait fait pour moi. C'était un autre exemple de la générosité des Catalans.

J'avais la sensation d'avoir déjà rencontré mes guides, mais il n'y en avait qu'un qui comptait vraiment. J'ai regardé tout autour de moi pour trouver des éléments pouvant me servir de repères. Selon ma carte, la Rambla, la rue qui conduisait à mon adresse, se trouvait en diagonale de l'endroit où j'étais. Je me suis mis en route.

Même si tôt dans la journée, la Rambla était vraiment incroyable. Elle était composée de deux rues séparées par une large allée piétonne décorée d'une multitude d'arbres. Il n'était que huit heures du matin, mais dans quelques cafés-terrasses on avait déjà sorti les tables, où de rares clients lisaient le journal en sirotant un café. Quelques passants désinvoltes se promenaient en faisant du lèche-vitrine. Les magasins étaient encore fermés, les volets tirés, et ça m'a fait penser qu'il était peut-être trop tôt pour aller sonner à l'adresse que grand-père m'avait donnée. La dernière chose que je souhaitais, c'était réveiller Maria Dolores Calderon Garcia, ou qui que ce soit d'autre.

Je me suis promené jusqu'à ce que j'atteigne la Carrer de la Portaferrissa. C'était exactement ce que j'avais vu sur Google : une allée étroite d'à peu près quatre mètres de largeur, entourée d'immeubles anciens de cinq ou six étages. À cette heure matinale, la rue était plongée dans la pénombre et les piétons au loin n'étaient que des silhouettes. Je savais que le numéro 71 se trouvait tout au bout, mais la Rambla me semblait un endroit plus intéressant pour tuer le temps. Je suis revenu sur mes pas, suis entré sans un café et me suis assis.

Mon guide touristique suggérait de prendre une pâtisserie et un café pour déjeuner. En fait, il spécifiait que c'était probablement tout ce que je pourrais trouver, hormis dans un grand hôtel de luxe. En utilisant mes quelques phrases d'espagnol, j'ai baragouiné ma commande. Le serveur a eu l'air de trouver mon accent très drôle, mais il m'a quand même apporté une minitasse de café très fort avec la pâtisserie la plus délicieuse que j'avais jamais goûtée.

J'ai siroté ma boisson, mais j'ai englouti la pâtisserie : je n'avais rien mangé depuis l'embarquement dans l'avion la nuit précédente. J'en ai commandé une autre, avec un verre d'eau cette fois, et j'ai sorti mon téléphone. Je me sentais un peu mal à l'aise à propos du texto que j'avais envoyé à DJ. J'avais été très sec et bref dans ma réponse. J'ai décidé de lui donner un peu plus d'informations. Mais son arrogance m'énervait, et il était toujours tellement cérémonieux. Il n'aimait pas les messages textes. Il aimait mieux parler au téléphone ou envoyer des courriels. Il disait que les textos massacraient la langue. Sachant cela, je lui ai écrit en utilisant le plus d'abréviations possible dans mon envoi. Juste pour le contrarier.

Ctr vil Barce. Bois kfé tlmt fort prait fr fondre 1 cuilere. Tlm vrm sympa. Parle biz. Bne chnce avc ta mont. Tu sras en haut pr le lunch, frérot.

J'ai ensuite envoyé un courriel à maman. C'était le milieu de la nuit à Toronto, mais je lui avais promis de lui donner de mes nouvelles en arrivant. Je l'ai envoyé en français normal.

Tout va très bien. Les gens sont très gentils. Je me dirige vers l'adresse où je pourrai rencontrer mon guide.

«Enfin, je l'espère», me suis-je dit en rangeant mon téléphone.

Tout autour, des gens allaient et venaient, la circulation devenait plus dense et les magasins commençaient à ouvrir leurs portes. Après avoir payé, je me suis dirigé vers la Carrer de la Portaferrissa. En passant à l'ombre des étroits balcons en fer forgé, je me sentais nerveux. J'avais parcouru tout ce chemin pour découvrir un mystère. Pendant les préparatifs, cette adresse avait été mon objectif. J'étais à quelques pas d'y arriver. Et s'il n'y avait personne? Et si le paquet mystérieux était finalement sans importance, ou s'il n'appartenait pas à mon grand-père? Pire encore, si personne n'était au courant d'une lettre ou d'un colis pour moi?

«Ça va aller, me suis-je répété. J'ai un billet de retour et de l'argent pour vivre. Si je ne trouve rien, j'aurai échoué, tout simplement... Les six autres, même Rennie, le mystérieux petit-fils, ont probablement des tâches beaucoup plus concrètes que la mienne à réaliser, comme DJ et sa montagne à escalader. Ils vont tous accomplir leurs besognes, j'en suis sûr. Je serai le seul à avoir échoué.»

En faisant mes recherches sur la guerre civile espagnole, j'avais commencé à découvrir un grand-père différent. Il n'était pas ce vieillard que j'avais connu, mais plutôt le jeune homme à la coupe de cheveux étrange sur la photo. Il avait peut-être descendu cette rue à mon âge? Et pourquoi? Que faisait-il ici en pleine guerre? Allais-je le découvrir? En serais-je capable?

Soudain, j'y étais. Debout devant la porte de la photographie. Elle paraissait plus vieille, plus usée. J'ai regardé le mur, comme si je m'attendais à y trouver le pâle dessin du marteau et de la faucille ainsi que les mots «Mac» et «Pap». Il n'y avait rien.

Bon, c'était l'heure! Ce moment serait déterminant pour les deux prochaines semaines. La réussite ou l'échec. J'ai avancé d'un pas et j'ai levé le poing pour frapper à la porte. Avant que j'aie fini mon geste, elle s'est ouverte d'un coup et la fille de la photographie est apparue devant moi, souriant comme elle l'avait fait des années plus tôt. Pendant une fraction de seconde, j'ai pensé qu'elle était un vampire, une morte-vivante sans âge. J'ai rapidement chassé cette folle idée.

Ce n'était pas la même fille. Non seulement c'était impossible, mais en la regardant plus attentivement, j'ai constaté qu'elle était différente. Il y avait bien une ressemblance au niveau de la bouche, des cheveux foncés et du teint olive. Mais je commençais à comprendre que c'était assez commun en Espagne. C'est surtout le nez qui était différent. Celui de la fille sur la photo était petit et droit. Celui de celle-là était plus long et plus étroit, un peu comme le mien, et très légèrement de travers, ce qui donnait l'impression qu'elle avait la tête un peu penchée, comme si elle remettait l'univers en question.

Tout ça m'est passé par la tête à la vitesse de l'éclair pendant que je la fixais, le poing levé. Mais ce sont ses yeux qui m'ont ensorcelé. Ils étaient d'un brun profond, tellement profond que j'ai cru que j'allais y sombrer.

— Est-ce que tu vas me frapper? m'a-t-elle demandé dans un français parfait.

Horrifié, j'ai réalisé que je me tenais debout devant cette fille magnifique, la menaçant de mon poing. J'ai abaissé brusquement mon bras.

— Non. Bien sûr que non. J'allais frapper à la porte. Je suis désolé, ai-je bredouillé.

Le sourire de la fille s'est élargi.

— Tu as de la chance, Steve. Je m'apprêtais à sortir. Je t'attendais plus tôt.

— Désolé…, ai-je répété avant de réaliser ce qu'elle venait de dire. Comment connais-tu mon nom ?

— Ton grand-père me l'a dit.

— Mon grand-père ?

Plus je parlais, plus je me sentais stupide. Mais comment mon grand-père avait-il pu lui dévoiler mon nom ? Elle n'était pas la fille de la photo et, selon ce que je savais, mon grand-père n'était pas retourné en Espagne après la guerre.

— Comment ?

— Dans la lettre qu'il m'a écrite.

— Une lettre ?…

Mon cerveau semblait paralysé.

— Oui, a-t-elle répondu patiemment. Mon arrière-grand-mère a écrit à ton grand-père et il lui a répondu. Ensuite, j'ai appris par le notaire de ton grand-père que tu arriverais par un vol ce matin et que tu te présenterais ici. C'est pourquoi je t'attendais plus tôt. Ce n'est pas si long de l'aéroport, en taxi.

— Il n'y avait pas beaucoup de taxis, j'ai donc pris l'autobus et je me suis arrêté pour boire un café.

La fille a hoché la tête comme si ce que je disais avait du sens.

— Bien, maintenant que tu as bu ton café et que tu es ici, tu veux entrer ?

— Oui, ai-je marmonné en la suivant à l'intérieur.

Il a fallu un moment pour que mes yeux s'habituent à l'obscurité ambiante, mais j'ai rapidement pu discerner une rangée de boîtes aux lettres le long du mur situé à ma droite. La fille me guidait toujours, montant des marches en pierres. Au premier étage, elle a pris une clef, a ouvert une porte en bois et m'a invité à la suivre dans un large corridor. Il y avait des portes de chaque côté. Elle m'a conduit au bout du long passage, jusqu'à une grande pièce où de grandes fenêtres donnant sur la rue laissaient entrer toute la lumière du jour. Le haut plafond, sombre et en bois sculpté, contrastait avec les murs, qui étaient presque entièrement recouverts d'encadrements de vieilles photos en noir et blanc. Des toiles occupaient tout l'espace entre les nombreuses étagères surchargées de livres. Plus bas, un assortiment de vieilles chaises entourait une table basse en bois. Le plancher était également en bois et couvert en son centre d'un tapis tressé aux motifs d'un rouge délavé.

— Bienvenue chez moi, a-t-elle dit. Dépose ton sac, il a l'air lourd.

— Oh! Il n'y a pas de problème, ai-je répondu même si j'étais bien content de m'en décharger.

— Je m'appelle Laia, a-t-elle continué en me tendant la main. Bienvenue à Barcelone.

— Merci, ai-je articulé en lui serrant la main. Je m'appelle Steve, mais tu le sais déjà.

— Oui, et j'ai des choses qui t'appartiennent. Mais assieds-toi.

Laia a indiqué une chaise à dossier haut et a ajouté :

— Je vais aller les chercher et nous faire un café. Si tu n'en as pas déjà trop bu.

— Un café serait bien, mais pas trop fort, j'ai répondu.

— Tu n'aimes pas nos *cafés solo*? Ne t'inquiète pas, je vais préparer du café américain ordinaire.

Laia a quitté la pièce, ce qui m'a permis de remettre un peu d'ordre dans mes pensées. Mes craintes que personne ici n'eût rien su de ma quête s'étaient avérées sans fondement. C'était même plutôt le contraire, et mon esprit bourdonnait de questions : qu'est-ce que mon grand-père avait dit dans sa lettre? Qui était cette Laia? Quel était son lien avec ce que je devais faire?

Toutes ces questions se bousculaient dans ma tête. Mais, pour le moment, ça ne me dérangeait pas tellement de ne pas y trouver de réponses. Les yeux de Laia occupaient toutes mes pensées. J'ai souri. DJ ne rencontrerait certainement pas d'aussi belles filles sur sa montagne.

— Tu as l'air joyeux, a dit Laia en revenant dans la pièce.

Elle tenait un plateau sur lequel étaient posés une grande carafe de café, une plus petite pour le lait, un pot de sucre et deux tasses.

— Je suis simplement content d'être ici, ai-je dit.

Laia a déposé le tout devant moi.

— Je t'en prie, prépare ton café comme tu l'aimes. Moi, je le préfère noir.

Pendant que je m'exécutais, elle s'est dirigée vers un meuble orné de gravures. Elle s'est mise à genoux et en a retiré une petite valise très abîmée à carreaux noirs et bruns décolorés.

Là où elle était le plus usée, on pouvait constater qu'elle était faite de carton et que les coins avaient été renforcés de lanières de cuir. Elle était beaucoup plus petite qu'un bagage à main comme ceux qu'on apporte dans les avions, et elle arborait plusieurs autocollants anciens, dont un de Trans-Canada Air Lines et un autre du Canadian National Steamships. Deux fermoirs en argent en protégeaient le rabat.

Laia a placé la valise sur la table, près des tasses de café, et s'est assise à mes côtés. Nous l'avons longuement regardée. Est-ce que la réponse à mon mystère s'y trouvait? Qu'est-ce que la valise et son contenu signifiaient pour Laia?

— As-tu regardé à l'intérieur? ai-je demandé au bout d'un moment.

— Je ne peux pas, a-t-elle répondu. Elle est fermée et il n'y a pas de clef.

J'ai failli éclater de rire.

— Oui, il y en a une, ai-je dit en sortant mon porte-clefs.

La vieille clef était du même format que la serrure de la valise. Je me suis penché et pourtant, j'ai hésité. J'étais excité et troublé à la fois. Je ne pensais pas que ce serait aussi simple. Mais qu'allais-je donc trouver? Encore plus de mystères?

Laia sentait mon hésitation.

— Peut-être devrais-tu d'abord lire ça, m'a-t-elle dit en me tendant une enveloppe blanche toute neuve qu'elle avait sur elle. Elle est arrivée avec la lettre du notaire et elle t'est adressée.

J'ai reposé la clef, j'ai pris l'enveloppe et je l'ai ouverte.

Bonjour Steve,

Si tu lis ceci, c'est que tu as décidé de relever mon défi et que tu es à Barcelone. J'espère que tu as rencontré Maria, qu'elle a accepté de t'aider et qu'elle t'a présenté ma collection de souvenirs, conservés dans ma vieille valise. C'est par là que tu dois commencer.

Je t'envie. Tu t'apprêtes à faire des découvertes dont certaines seront difficiles à supporter. Pour moi, elles ont été presque insoutenables à vivre. C'est la leçon de vie que j'ai apprise en Espagne : la passion la plus merveilleuse peut cohabiter avec la peine la plus brutale. Mais je dois te permettre de découvrir ces choses à ta façon.

Je me rappelle chaque bout de papier que cette valise contient, et les heures innombrables, au cours des dernières décennies, pendant lesquelles je me suis assis en m'imaginant les lire comme tu t'apprêtes à le faire aujourd'hui. Tu y trouveras une partie de ma vie, une partie que personne, sauf Maria, ne connaît, car elle n'existe même plus dans ma tête maintenant que je suis parti. Pourtant, si au bout de ma vie longue et bien remplie on m'avait offert la chance de revivre trois mois de mon passé, n'importe lesquels, malgré la douleur j'aurais choisi l'Espagne de 1938.

J'ai voyagé partout dans le monde et, volontairement, je ne suis jamais retourné dans ce pays. Pendant la Deuxième Guerre mondiale, quand mon avion a été abattu, on m'a clandestinement fait traverser l'Espagne. Mais tout était très secret et je savais à peine où je me trouvais. Après la guerre, j'ai été interdit de séjour dans ce pays. Si j'avais voulu y retourner, on m'aurait jeté en prison, ou pire. Plus tard, alors que j'aurais pu y revenir en toute sécurité, je ne l'ai pas fait, car je m'étais convaincu qu'il n'y avait plus rien pour moi en Espagne. La lettre de Maria m'a fait comprendre que je m'étais lourdement trompé. Je me demande parfois ce qu'aurait été mon existence si j'y étais retourné. Bien sûr, j'ai eu la plus belle vie qu'un homme peut espérer, remplie de l'amour merveilleux de ma femme, de mes enfants et de mes petits-enfants. Malgré cela, je ne peux m'empêcher d'avoir cette pensée.

Honnêtement, je dois admettre que c'est la peur qui m'a retenu. Pas la peur physique, même si mes trois mois en Espagne m'en ont donné pour le reste de ma vie. Mais la peur que l'Espagne ne soit plus celle de mes souvenirs, et la peur, à la fois, qu'elle y soit trop semblable.

À tes yeux, tout ceci n'est probablement que le récit nostalgique d'un vieil homme. J'espère qu'avec le temps, cela signifiera davantage.

L'important pour toi maintenant, c'est ton présent et ton avenir. Et j'espère ardemment que la valise qui se trouve devant toi te donnera une idée de l'émerveillement et de la passion que j'ai ressentis il y a si longtemps.

Bonne chance dans ta quête.

Dis à Maria que je l'aime, et sache que je t'aime et te souhaite tout ce que tu désires pour une vie longue et heureuse.

Grand-père

SEPT

J'ai laissé tomber la lettre et j'ai fixé la vieille valise. J'étais devant les objets que grand-papa avait voulu que je trouve. Il y avait là une partie très importante de sa vie, une partie que personne d'autre ne connaissait et que je m'apprêtais à découvrir. J'avais l'impression qu'il était à mes côtés, plus vivant que jamais. Toutefois, un détail clochait.

J'ai levé les yeux vers Laia qui me regardait intensément.

— Où est Maria? ai-je demandé. Qui est-elle?

Laia a baissé les yeux. Lorsqu'elle m'a de nouveau regardé, des larmes coulaient sur ses joues.

— Maria est mon arrière-grand-mère, a-t-elle dit doucement. Elle est morte la nuit précédant l'arrivée de la lettre.

— Je… je suis désolé, ai-je bredouillé.

Je me sentais désemparé. Plus que tout, j'aurais voulu mettre mon bras autour des épaules de Laia pour la réconforter. Mais je ne la connaissais que depuis quelques minutes.

— Vous étiez proches l'une de l'autre ?

Elle a pris une grande inspiration et a essuyé ses yeux.

— Oui, nous étions très proches. Maria a toujours prétendu que j'étais son âme sœur et, lorsqu'elle m'observait, elle avait l'impression d'être encore jeune. Elle disait que de me regarder lui donnait l'impression de remonter dans le temps.

Laia a souri tristement.

— Nous étions toutes les deux assez entêtées. Même lorsqu'elle a eu quatre-vingt-dix ans et qu'il lui fallait une éternité pour monter les escaliers, elle refusait de quitter cet endroit. Elle disait que ça avait toujours été sa maison, que son passé était ici. Elle m'a souvent répété que sans passé, nous ne sommes que des feuilles mortes emportées par le vent, soumises au caprice de la première brise qui passe. Notre passé nous enracine et nous rend vivants. C'est pour ça que tu es ici, non? Pour découvrir ton passé.

— Le passé de mon grand-père, ai-je précisé.

— C'est la même chose, a-t-elle répliqué avec un haussement d'épaules. Le passé ne commence pas au moment de ta naissance. C'est une ligne, un fil conducteur entre tes parents, tes grands-parents, tes ancêtres. Tu vis au Canada?

— Oui.

— Alors, à un certain moment, l'un de tes ancêtres du Vieux Continent s'est embarqué sur un bateau, à la recherche d'une vie meilleure ou de la liberté que lui promettait le Nouveau Monde. Il ou elle fait partie de toi, tout comme les Maures qui ont dirigé ce pays il y a plus de mille ans font partie de moi.

Laia a pris une gorgée de café.

— Écoute-moi parler! Nous venons à peine de nous rencontrer et je te donne déjà un cours comme si nous étions dans une classe à l'université. C'est l'un de mes défauts. Je n'ai ni frères ni sœurs et aucun intérêt pour les danses ou les fêtes dont mes amis raffolent. Je passe donc beaucoup de temps avec les livres. Ce sont de très bons compagnons, mais ils sont nuls dans l'art de tenir une conversation.

— Je comprends, ai-je rapidement répondu.

En vérité, dans des circonstances normales, je serais volontiers resté des heures à l'écouter parler de n'importe quel sujet, mais mes yeux se sont posés sur la valise.

— Le passé que tu recherches est beaucoup plus récent, a-t-elle enchaîné en suivant mon regard.

Je me suis approché de la valise et j'ai sorti la clef. Laia a mis sa main sur la mienne pour arrêter mon geste.

— Je ne sais pas ce que tu vas trouver là-dedans. Je sais que c'est très important pour toi, mais ce l'était aussi pour mon arrière-grand-mère. Une nuit, enfant, je me suis levée pour prendre un verre de lait et j'ai vu Maria assise à cette table, comme nous aujourd'hui, fixant cette valise. Durant toutes ces années, elle l'a gardée sans jamais l'ouvrir. Je crois qu'on y a mis une partie de son passé, et du mien.

— Alors, découvrons-le ensemble, ai-je conclu.

Laia m'a serré la main, puis l'a relâchée. Ma peau a frémi à ce contact.

J'ai inséré la clef dans la serrure et je l'ai tournée. Il y a eu un petit déclic et le premier loquet argenté s'est ouvert. J'ai fait la même chose avec l'autre serrure et, après avoir jeté un rapide coup d'œil vers Laia, j'ai soulevé le couvercle.

Je ne sais pas ce que je m'attendais à découvrir. Sans doute à cause de cette ambiance de mystère, de Laia qui parlait de l'importance du passé et de ce sentiment bizarre causé par le décalage horaire, j'avais l'impression d'être ailleurs, à une autre époque, et je crois que rien n'aurait pu me surprendre.

La valise contenait un amoncellement de vieilles coupures de journaux jaunies, un foulard rouge, sale et froissé, une brochure brunie et écornée intitulée *L'Espagne aux armes 1937*[3], un morceau de métal noir et informe de la longueur de mon pouce, ainsi qu'un béret kaki orné d'une étoile rouge en émail.

J'ai pris le morceau de métal et je l'ai retourné dans ma main. Il était lourd et provenait manifestement d'une pièce plus grosse. Mais aucun indice ne permettait d'en deviner l'usage. Du regard, j'ai interrogé Laia et elle a haussé les épaules. J'ai mis la pièce de métal de côté et me suis emparé du béret. Il était sale, presque en lambeaux. J'avais traversé la moitié de la planète pour le trouver, et je ne voyais pas ce qu'il pouvait avoir de spécial. J'avais peur qu'il tombe en poussière dans ma main.

— Tu crois qu'il était à mon grand-père?

---

3. NdT : Traduction libre de *Spain in Arms 1937*.

— Peut-être. Il est très vieux, et l'étoile pourpre était le symbole du communisme durant la guerre.

Laia s'est penchée et a ramassé le foulard.

— Ça, je pense que c'était à Maria.

Le foulard, un grand mouchoir carré, était effiloché sur les bords. L'un des coins était déchiré. Laia l'a approché de son nez pour le sentir.

— Maria avait seize ans quand la guerre a éclaté en 1936, a-t-elle dit avec douceur en fermant les yeux. Au début, il y avait beaucoup de combats entre le peuple et l'armée dans les rues de Barcelone. Certaines batailles ont eu lieu tout près d'ici, sur la Rambla, et Maria m'a déjà montré l'endroit où la rue avait été barricadée. On peut encore voir aujourd'hui l'impact des balles sur les vieilles briques. Maria transportait les messages entre les différentes barricades. Il n'y avait pas d'uniformes à cette époque. On lui a donc donné un foulard rouge qu'elle devait porter autour du cou afin de s'afficher comme l'une des leurs et s'assurer qu'on sache qu'elle n'était pas une fasciste.

Une pensée m'a traversé l'esprit. J'ai déposé le béret et j'ai pris la pochette de voyage suspendue à mon cou, sous mon chandail. Pendant que Laia me regardait d'un air perplexe, j'ai sorti mon passeport et la photo que j'y avais insérée.

— Tu lui ressembles beaucoup, ai-je constaté en lui montrant l'image.

Laia a eu le souffle coupé.

— C'est elle. J'ai seulement vu des photos d'elle plus âgée. Tous les souvenirs de cette époque ont été perdus.

Elle a effleuré délicatement la photo, comme si elle voulait entrer en contact avec la jeune femme souriante qui s'y tenait, debout devant la porte. Ses doigts ont glissé vers le jeune homme.

— C'est ton grand-père?

— Oui.

— Quand cette photo a-t-elle été prise?

— En 1937 ou 1938, je pense.

Laia hocha la tête.

— Maria devait avoir dix-sept ou dix-huit ans. Regarde, a-t-elle dit en indiquant du doigt le cou de la jeune Maria. Penses-tu que c'est le même foulard?

— C'est difficile à affirmer avec cette photo en noir et blanc, mais c'est possible.

Laia a regardé le cliché pendant un long moment.

— Ton grand-père a l'air d'un gentil jeune homme, a-t-elle ajouté. Ils semblent tellement heureux.

— C'est vrai, ai-je reconnu. Et Maria est très belle.

— Continuons, a dit Laia en me redonnant la photo.

Nous nous sommes presque frappé la tête en nous penchant simultanément vers la valise pour en sortir un autre objet. J'ai reculé en rougissant. Laia a émis un petit rire, s'est avancée et a saisi la brochure. La couverture, d'un orange foncé, était en carton ondulé bon marché. Un croquis au fusain l'ornait : c'était un homme au regard déterminé, tenant un fusil et courant vers l'avant. Le titre, *L'Espagne aux armes 1937,* était écrit tout en haut, suivi du nom de l'auteure, Anna Louise Strong. Plus bas se trouvait le prix, 25 cents. Laia a examiné le document et me l'a tendu.

Il ressemblait à un petit livre d'à peu près quatre-vingts pages et il sentait le moisi. En le feuilletant, j'ai lu les titres des chapitres : *Les héros de Madrid*[4], *Dans les tranchées*[5], *Les Brigades internationales*[6]. Quelqu'un – grand-père, peut-être ? – avait souligné quelques passages à l'encre bleue. La plupart n'étaient accompagnés d'aucun commentaire, sauf un, qui m'a sauté aux yeux. On avait écrit : « J'aimerais mieux mourir en arrêtant le

---

4. NdT : Traduction libre de *Heroic Madrid*.
5. NdT : Traduction libre de *Front Trenches*.
6. NdT : Traduction libre de *The International Brigades*.

fascisme en Espagne que d'attendre qu'il arrive en Grande-Bretagne.» Dans la marge, quelqu'un avait griffonné: «ou au Canada!»

Comme j'arrivais à la fin du livre, une feuille pliée en est tombée. Elle était si usée et tachée que de grands pans en étaient illisibles. Mais ça ressemblait à une affichette annonçant une réunion à Toronto, en 1937. Le titre était: *Arrêtons les mains meurtrières du fascisme en Espagne*[7]. Cette publicité était distribuée par le Parti communiste du Canada.

Pendant que je feuilletais le livret, Laia a délicatement sorti les coupures de journaux de la valise. Il y en avait en anglais et en espagnol, dont la une du *New York Times* du 18 juillet 1936 qui titrait «L'Espagne fait échec au soulèvement de l'armée au Maroc[8]».

Laia saisit un article d'un journal espagnol, *El Diluvo*. D'énormes lettres noires remplissaient presque toute la page: *NO PASARAN!*

— C'était le slogan de la défense de Madrid durant les premiers mois de la guerre, m'a-t-elle expliqué. Ça signifie: «Ils ne passeront pas.»

Silencieusement et avec précaution, nous avons épluché les autres coupures de journaux. Toutes parlaient de l'Espagne et couvraient la

---

7. NdT: Traduction libre de *Stop the Bloody Hands of Facism in Spain*.
8. NdT: Traduction libre de *Spain Checks Army Rising in Morocco*.

période de 1936 à 1938. Au fond de la valise, il y avait une affiche en couleurs de même dimension que la mallette. On y voyait d'anciens bimoteurs dont les flancs présentaient des étoiles peintes d'un rouge criard. Ils volaient en formation au-dessus d'un bras musclé se terminant par un poing fermé.

Tout cela était très intéressant, mais j'étais déçu. Le béret et le foulard nous conduisaient vers le jeune couple de la photographie, mais ils ne nous révélaient rien. Le livret et les journaux *pouvaient* nous raconter une histoire, mais j'en avais déjà découvert une bonne partie lors de mes recherches à la maison. Comment tout cela pouvait-il m'aider dans ma quête? Laia a observé l'affiche. Elle a traduit le slogan écrit en espagnol sous le poing fermé, mais je ne l'écoutais plus. L'affiche n'était pas le dernier objet de la valise.

Au fond se trouvait un livre mince et pas tellement plus grand que mon passeport. Il était relié de cuir brun, ses pages étaient couvertes de taches et les coins étaient usés. Une grosse souillure partait d'un côté et s'étendait sur presque le tiers de la couverture. Comme je m'apprêtais à prendre le livre, Laia a levé les yeux de l'affiche pour me demander:

— Qu'est-ce que c'est?

Le cuir de la couverture s'était durci avec le temps. J'ai ouvert le livre à la première page. Le papier était très mince et, contrairement à celui des journaux, il n'avait pas jauni. J'ai eu le souffle coupé; cette page présentait une écriture serrée. La calligraphie était soignée; c'était sans aucun doute celle de grand-père.

---

15 JUIN 1938

Je suis enfin arrivé en sol espagnol. Mon rêve devient réalité! Tous ces mois passés à lire sur les luttes du peuple espagnol contre les riches, contre les propriétaires terriens égoïstes, contre l'Église – dont les mains sont couvertes de sang – et contre la machine de guerre brutale de Franco m'ont conduit ici. Quel meilleur moment pour commencer un journal?!

Enfin, je peux faire quelque chose. Si mon gouvernement se complaît à rester les bras croisés, ou pire, à aider Franco, Hitler et Mussolini à écraser toute liberté sous le talon du fascisme, je ne peux rester là sans réagir. Je me battrai et, si nécessaire, je mourrai aux côtés de mes camarades du Canada et des autres pays pour aider le peuple espagnol à se libérer de la tyrannie et à mettre fin au fascisme.

NO PASARAN!!!!!!

Non, ça ne va pas. Je viens de me relire. Pourquoi ces pensées, auxquelles je crois sincèrement et passionnément, semblent-elles si guindées et moralisatrices lorsque je les couche sur papier? Je veux raconter l'aventure que je commence maintenant, mais je vais le faire de deux façons. Je vais, d'une part, ramasser des découpures de presse et tout ce qui peut donner une idée plus large de ce qui se passe ici. D'autre part, je vais réserver ces pages à mon histoire personnelle. Je ne ferai plus de sermons.

Je doute de pouvoir écrire chaque jour. Il y aura probablement des journées plus chargées et, de toute façon, ce livre est trop petit pour que je puisse tout y consigner. Cependant, je noterai des pensées et des événements significatifs au fur et à mesure qu'ils se dérouleront et que j'en aurai le temps.

Premièrement: où suis-je? Je suis assis dans la poussière, à côté d'une route de terre, au pied des Pyrénées. J'attends un camion qui doit nous conduire, moi et mes camarades, à Barcelone. De là, nous rejoindrons nos unités des Brigades internationales pour notre entraînement. Je me joindrai au bataillon Mackenzie-Papineau de la XVe Brigade.

À l'est, l'aurore éclaire les nuages mais l'air est encore frais. Mes camarades et moi avons passé la nuit à grimper et à avancer péniblement dans les cols des montagnes de France, terrifiés à l'idée qu'une pierre se détache et alerte les douaniers qui nous auraient expulsés ou, pire, auraient fait feu sur nous. Mais nous avons réussi.

Nous sommes huit en tout : un autre Canadien du nom de Bob, trois Américains de New York, un Anglais, un Français, un Allemand qui fuit le régime de Hitler, et moi-même. Nous sommes épuisés par l'expédition de cette nuit, et tous, hormis moi, essayent de prendre quelques minutes de sommeil. Je ne peux pas. Cette aventure est trop excitante.

Un vieil homme — un paysan avec des vêtements en lambeaux, des sabots de bois et un visage tanné par le dur climat — vient juste de passer sur la route. Arrivé à notre hauteur, il s'est retourné, a levé un poing fermé et nous a gratifiés d'un « salud ». Seuls Pedro, notre guide, et moi étions assez éveillés pour répondre.

J'entends le bruit du moteur du camion qui vient nous chercher. Pedro va réveiller mes collègues. Je continuerai ce récit dès que j'en aurai l'occasion.

HUIT

Laia a toussoté pour me ramener au présent.

— C'est le journal de mon grand-père, ai-je répondu. Il l'a commencé le lendemain matin de sa traversée des Pyrénées en compagnie de ses camarades de combat. Il était en route pour rejoindre les autres Canadiens qui se battaient dans la Quinzième Brigade internationale.

J'ai laissé ma main glisser sur le livre et j'ai ajouté :

— Avant de mourir, mon grand-père nous a écrit des lettres, à moi et à mes cousins. Il écrivait comme il parlait, et lire ces lettres nous a donné l'impression qu'il était toujours vivant. Or, ici, c'est différent. Il a l'air tellement jeune et enthousiaste, mais tellement vieux en même temps. Je suppose que les gens écrivaient comme ça à l'époque.

— C'est une voix d'un autre temps, a dit Laia. Il était jeune, tout comme Maria, mais il fallait beaucoup d'enthousiasme et de courage pour faire le trajet du Canada jusqu'ici. Ils avaient le même âge que nous et ils étaient en guerre, a-t-elle poursuivi, songeuse. Peut-être qu'à ce moment les jeunes vieillissaient plus vite que maintenant?

— Je pense que c'est le cas. Dire que je croyais vivre une grande aventure en venant ici, tout seul, à chercher les objets appartenant à grand-papa!

— C'est ce qu'il voulait que tu trouves, non?

— Je crois, oui.

— Bien. Tu ne devrais pas lire le journal tout de suite. Je connais des choses qui pourraient probablement t'aider à mieux comprendre et… j'ai une idée, a lancé Laia en jetant un regard vers la grosse horloge en face de nous. Aimes-tu la pizza?

— Oui, ai-je répondu, surpris par le soudain changement de sujet.

— Bon! Alors je connais un endroit sur la Rambla qui devrait t'intéresser. On y va? proposa-t-elle en se levant.

— Bien sûr.

J'ai regardé l'horloge qui indiquait plus de onze heures. Je n'avais mangé que deux pâtisseries depuis la veille. La pizza allait être délicieuse.

— En chemin, je te montrerai un peu de notre histoire, a ajouté Laia en souriant.

— Tu parles très bien français, ai-je fait remarquer à ma guide pendant que nous marchions dans les rues étroites, bordées de bâtiments anciens qui s'élevaient au-dessus de nos têtes et bloquaient la vue du ciel bleu.

— Merci. Maria parlait un peu le français – peut-être l'a-t-elle appris de ton grand-père? – et elle me l'a enseigné quand j'étais jeune. Ma mère insistait pour que j'apprenne les langues à l'école. Elle disait que cela pourrait m'ouvrir plus de portes. J'ai passé un été en France et un jeune Français a passé un été chez nous. J'ai donc eu la chance de m'exercer. J'aime les langues. Je parle l'espagnol, le catalan, le français, un peu l'anglais et même le latin, mais je ne m'en sers pas souvent.

J'étais émerveillé et impressionné. Apprendre quelques mots et phrases simples en espagnol pour mon voyage avait été très laborieux. Je ne pouvais m'imaginer apprendre trois langues. Puis j'ai repensé à ce qu'elle venait de me dire et j'ai demandé :

— Où sont ton père et ta mère ? Tu n'habites pas seule, n'est-ce pas ?

— Non, a-t-elle répondu avec un sourire. Je vis avec ma mère, mais elle est partie aider ma grand-mère. Mon grand-père a le cerveau… confus, a-t-elle complété en fronçant les sourcils, incertaine du mot.

— Alzheimer ?

— Oui, c'est comme ça que ça s'appelle. Il ne peut plus habiter à la maison. Ma mère et ma grand-mère vont l'amener dans un endroit spécialisé cette semaine. Je devais les aider, mais je n'y suis pas allée car tu arrivais.

— Merci, ai-je répondu en me sentant bêtement heureux qu'elle soit restée. Est-ce que ton père les aide aussi ?

— Mes parents se sont séparés quand j'avais cinq ans.

— Désolé, ai-je marmonné, me sentant stupide.

— Il n'y a pas de quoi. Ma mère dit qu'elle était trop jeune quand elle a épousé mon père. Ils n'étaient pas bien assortis. Il a fallu quelques années, et ma naissance, pour qu'ils s'en aperçoivent. Mon père habite à Séville. Je lui rends parfois visite et il m'envoie des cadeaux à Noël et à mon anniversaire.

La rue où nous marchions débouchait brusquement sur une vaste cour intérieure bordée d'édifices. Une fontaine ornementale trônait en son centre. À part un groupe de jeunes qui jouaient au soccer devant une porte, la place était déserte. Les murs de chaque côté de cette entrée étaient ébréchés et criblés de trous. Malgré le bruit des garçons, il émanait de cet endroit paix et quiétude, surtout après le vacarme des rues étroites que nous avions empruntées pour venir ici.

— C'est *cool*!

— Voici ta première leçon d'histoire, m'a expliqué Laia en s'assoyant sur le bord de la fontaine.

L'eau se déversait d'un large vase en pierre et tombait dans un bassin de tuiles vertes et blanches.

— Nous sommes à la Plaça de Sant Felip Neri, poursuivit-elle. C'est très vieux.

— Et paisible, même avec les enfants qui jouent.

— Oui, ça l'est. Derrière ces garçons, c'est l'église de Sant Felip Neri. Elle a été construite au dix-huitième siècle. Pendant la guerre, les fascistes ont bombardé Barcelone et l'église a servi d'abri. Un jour, une bombe est tombée ici et a tué vingt enfants qui s'y étaient réfugiés.

J'ai regardé jouer les garçons en me demandant à quoi pouvait ressembler un bombardement dans cet endroit.

— C'est pour ça que les murs sont pleins de trous?

— Non, la bombe est passée à travers le toit et a explosé à l'intérieur de l'église. Les marques sur les murs datent de la fin de la guerre. Lorsque Barcelone est tombée aux mains des fascistes, les gens ont été emmenés ici; on les alignait contre le mur et on les fusillait. Tu vois, les marques sont toutes à la hauteur de la poitrine ou de la tête.

Je suis resté silencieux, fixant l'impact des balles et essayant de m'imaginer les derniers moments de ces gens terrifiés qui avaient été placés devant ce mur.

— Pourquoi me racontes-tu tout cela? ai-je demandé après un moment.

— Il y a beaucoup d'histoire à Barcelone et en Espagne. Certains diraient que notre problème, c'est que nous en avons trop. L'histoire a tout imbibé ici: la terre, les murs, les gens, même les enfants qui jouent là-bas. Une histoire violente et souvent tragique dont ton grand-père a fait partie.

Je ne sais pas ce qu'il a noté dans son carnet, mais Maria m'a déjà dit que cette époque avait été brutale et tragique. Je t'ai amené ici parce que je voulais m'assurer, avant que l'on commence, que tu étais prêt à aller là où le livre te conduirait, quel que soit l'endroit.

— Je le suis, ai-je répondu sans en être entièrement convaincu.

J'avais supposé que grand-père m'avait donné une affaire mystérieuse à résoudre. Je pensais que découvrir des choses à partir d'indices serait amusant. Laia présentait mon aventure sous un jour beaucoup plus sombre. J'aurais dû prendre ce qu'elle m'expliquait plus au sérieux, mais une seule chose me restait en tête : Laia avait dit qu'elle me racontait tout ça « avant que l'on commence ». La perspective de passer deux semaines en compagnie de cette fille formidable balayait toutes les craintes que ses histoires pourraient provoquer.

— D'accord, a-t-elle repris, alors je vais te dire à quoi j'ai pensé. Maria m'a déjà raconté qu'elle avait rencontré un jeune homme qui s'était battu dans la Quinzième Brigade internationale. Elle m'a dit qu'elle l'avait soigné après qu'il eut été blessé dans la bataille du Riu Ebre en 1938.

— L'Ebre ? ai-je interrompu.

— Oui, c'est comme ça que nous appelons le fleuve. Tu le connais ?

— Pas vraiment. Quelqu'un m'en a parlé, ai-je expliqué en repensant à Aina, la jeune femme que j'avais rencontrée dans l'autobus.

Comme je ne voulais pas interrompre Laia, je lui ai demandé de poursuivre.

— Maria ne m'a jamais donné de détails sur ce soldat, pas même son nom. Mais le regard qu'elle avait quand elle en parlait était tellement triste et lointain que je savais qu'il avait été très important pour elle.

— Mon grand-père?

— Je le crois. Maria m'a raconté cela l'année dernière et, quelques jours plus tard, elle m'a demandé de dénicher l'adresse d'une organisation de vétérans canadiens de la guerre civile espagnole. J'en ai trouvé une. Je pense qu'elle s'en est servie, ce qui a entraîné la réponse de ton grand-père.

Laia est devenue silencieuse. Elle fixait l'eau scintillante de la fontaine. Après un moment, elle s'est tournée vers moi.

— J'aurais aimé qu'elle envoie cette lettre plus tôt. Peut-être auraient-ils pu se rencontrer?

— Ça aurait été extraordinaire, ai-je dit sans vraiment le penser, car si Maria et mon grand-père s'étaient revus, je ne serais pas venu à Barcelone et, ça, je ne l'aurais voulu pour rien au monde.

— Peu importe, a poursuivi Laia. Après que Maria m'eut parlé du brigadier, j'ai passé beaucoup de temps à me demander de qui il s'agissait. J'ai fait des recherches sur la guerre, sur la Quinzième Brigade et sur la bataille de la rivière Ebre. Cet été, j'avais l'intention d'aller visiter le site de la bataille, qui n'est pas très loin de la ville. Mais quand j'ai appris que tu venais, j'ai décidé d'attendre. Peut-être pourrions-nous y aller ensemble?

— Oh oui! ai-je presque crié.

Je me serais giflé pour m'être laissé ainsi emporter. Souhaitant dire quelque chose d'intelligent, j'ai ajouté:

— Si grand-père mentionne des endroits dans son journal, nous pourrions les visiter.

— En effet, a répondu Laia avec un sourire. Tu as le journal et je serai ton guide touristique. Quand j'ai appris ton arrivée, j'ai fait des recherches et j'ai imprimé des informations à partir d'un site Internet consacré à cette bataille. Il énumère la liste des monuments commémoratifs de la bataille de l'Ebre et présente des photos et des cartes. Nous pourrons les utiliser. Ils sont en espagnol, mais je les traduirai pour toi.

— Tu peux être mon guide, dis-je en pensant que, qui que soit la personne qui aidait DJ à gravir sa montagne, elle n'était rien comparée à celle qui me piloterait à travers l'histoire de cette terre étrange et complexe.

Après un moment de silence, j'ai ajouté :

— Et nous lirons le journal en route, près des lieux où il a été écrit.

— C'est une bonne idée. Nous pourrons commencer demain, en prenant le train pour l'Ebre. Ce n'est qu'à quelques heures d'ici.

— Oui, ai-je seulement répondu, de peur de me mettre à bégayer.

Toute la discussion sur la mort et les événements tragiques s'était évanouie à la pensée de voyager avec Laia.

— Donc, c'est ce que nous allons faire, a dit cette dernière en se levant. Maintenant, je t'ai assez fait attendre. Allons manger. En chemin, je te montrerai encore un peu d'histoire. Je te ferai découvrir ma rue.

— Ta rue ?

Laia était déjà en route et quittait la place. J'ai bondi pour la rejoindre. Elle m'a conduit sur une trentaine de mètres jusqu'à une rue étroite que nous avons empruntée. Puis elle a si brusquement tourné à droite que je l'ai presque heurtée en tournant le coin.

— Voici ma rue : Baixada de Santa Eulalia. La descente de Sainte-Eulalie, a-t-elle traduit. C'est la patronne de Barcelone. Son corps repose dans la cathédrale. Peut-être pourrais-je te la montrer si nous en avons le temps.

— Que lui est-il arrivé ? ai-je demandé, cherchant à comprendre pourquoi c'était sa rue.

— Environ trois cents ans après Jésus-Christ, les Romains ont demandé à Eulalie de renier le Christ. Elle a refusé et elle a été torturée treize fois, car c'était son âge. Par la suite, elle fut décapitée. On dit qu'une colombe s'est envolée de son cou tranché. La légende veut que l'une des tortures, qui consistait à la faire rouler dans un baril transpercé de couteaux, lui ait été infligée dans cette rue, d'où le nom : la descente de sainte Eulalie.

— Une autre de ces joyeuses histoires de Barcelone, ai-je exprimé. Mais pourquoi est-ce que c'est ta rue ?

— C'est mon nom, m'a-t-elle répondu avec un clin d'œil espiègle. Laia est le diminutif d'Eulalia. On m'a donné le nom d'une sainte, comme toi, sauf que saint Étienne, de qui tu tires ton nom, a seulement été lapidé à mort.

En riant, elle s'est remise en route.

En plein jour, les avions volent si bas que j'ai l'impression que je n'aurais qu'à tendre le bras pour les toucher. Ils sont noirs, démoniaques et se placent en V, comme les oies chez nous à l'automne. On peut voir les bombes tomber, petits objets qui oscillent bêtement en descendant. Elles ont l'air inoffensif, jusqu'à ce que l'explosion déchire un immeuble, détruisant les murs, faisant éclater les fenêtres et déchiquetant les vêtements et la peau.

S'ils en ont le temps, les gens courent se mettre à l'abri dans le métro. Mais souvent l'attaque arrive sans avertissement. Les bombardiers dominent le ciel. Pourtant, ce matin, un petit bimoteur solitaire – un Chato, m'a-t-on dit – est apparu et les a attaqués. L'un des bombardiers a délaissé la formation et s'est éloigné, une traînée de fumée noire s'échappant de l'un de ses moteurs. Pendant ce temps, le Chato s'est enflammé et est allé s'écraser dans la mer.

À quoi sert le courage du pilote quand les chances sont toutes du côté de l'ennemi? Et c'est la faute du Canada! Si, avec les États-Unis, l'Angleterre et la France, nous soutenions le gouvernement espagnol, il n'y aurait pas seulement un vieil avion de chasse russe dans le ciel, mais un escadron d'avions modernes, capables de balayer du ciel les bombardiers noirs allemands et italiens.

Voilà que je recommence à prêcher. Mais il est difficile de faire autrement. Il y a des slogans politiques partout : sur les affiches apposées sur les murs en ruines, sur les ondes des stations radio qui grésillent les dernières nouvelles que les gens écoutent en petits groupes, dans les discours que nous, les nouvelles recrues, devons entendre chaque jour. C'est une époque de slogans.

Depuis que le camion nous a fait descendre la montagne, ma vie a été un mélange de sensations et d'expériences nouvelles. Barcelone est une belle ville, bombardée systématiquement par les avions de chasse qui y viennent tous les jours et toutes les nuits. Les Espagnols que j'ai rencontrés sont merveilleux ; ils se protègent du mieux qu'ils peuvent des bombes et ils savent composer avec les pénuries alimentaires. Ils n'ont pas l'eau courante et rarement l'électricité, mais ils conservent une bonne humeur qui serait inimaginable chez les Torontois devant une telle situation. Bien sûr, ils croient passionnément à la cause pour laquelle ils se battent, et ça fait une énorme différence.

Nous, les nouvelles recrues, avons été installées dans un grand édifice sur une rue appelée Rambla. Dans quelques jours, nous serons conduits à nos unités à la campagne, mais nous devons d'abord être endoctrinés avec les bonnes idéologies politiques. Deux fois par jour, nous devons nous asseoir et écouter un homme énorme, qui ressemble à un ours

– Bob lui a d'ailleurs donné le surnom de Winnie l'ourson. Doté d'un fort accent russe, il nous explique pourquoi nous nous battons et il affirme que ce premier pas vers la révolution ouvrière mondiale nous transportera vers un paradis semblable à celui de la Russie.

Bob se moque de tout ça.

— Nous savons pourquoi nous allons nous battre, dit-il. Nous sommes volontaires. Nous avons désobéi à nos propres gouvernements et traversé l'océan pour venir risquer nos vies ici. Je ne pense pas que nous ayons besoin de Winnie pour nous le dire.

Bien sûr, il ne dit cela qu'à moi, et à voix basse. Lors des premières journées d'endoctrinement, l'un des Américains – son nom est Carl, il est communiste et chauffeur de taxi dans le Bronx – a demandé si la rumeur voulant que les Brigades internationales soient retirées d'Espagne était vraie. Winnie est entré dans une colère folle, criant et hurlant pendant presque une heure sur ces rumeurs qui servaient les intérêts fascistes. Il a ajouté que quiconque aiderait les fascistes allait être fusillé sur-le-champ. Depuis, personne n'a plus posé de questions.

L'Anglais est particulier. Il insiste pour dire que son nom est Christopher, alors que les Américains l'appellent Chris. Je pense qu'ils font ça pour l'agacer. Christopher est grand, blond et il parle comme s'il avait une patate chaude dans la bouche. Il vient d'une famille très riche et détient un baccalauréat en littérature classique et romantique de l'université de Cambridge. C'est aussi un ardent communiste et il boit les paroles de Winnie.

Les Américains, que Christopher appelle les Yankees, le taquinent sans arrêt, mais il le prend avec bonne humeur. Leur attaque préférée consiste à expliquer comment l'Amérique a dû secourir la Grande-Bretagne pendant la Grande Guerre. Christopher les remercie en souriant et leur fait remarquer que, pour cette guerre au moins, ils sont arrivés à temps.

Nous formons un groupe hétéroclite dont les membres ne devraient pas être réunis puisque chaque nationalité a son bataillon – Américain, Anglais, Français et Allemand. Mais la situation n'est pas simple. Il y a si peu de volontaires, et il y a eu tant de pertes durant la retraite du printemps qu'on nous a mis ensemble. En fait, j'ai entendu dire que la plupart de bataillons des Brigades internationales sont formés de conscrits espagnols. Quoi qu'il en soit, nous allons rester avec ce groupe. Il y a eu quelques discussions afin que nous joignions le bataillon Lincoln-Washington des Américains, mais il a plutôt été décidé que l'on se rallierait aux Canadiens. Je suis content.

Quand nous n'assistons pas aux discours de Winnie, nous aidons à nettoyer les dégâts causés par les bombes. C'est un travail physiquement dur, mais c'est encore pire de voir la vie des gens réduite à quelques meubles éventrés, des vêtements lacérés et des photographies déchirées. Hier, j'ai trouvé une poupée de porcelaine dans les ruines d'un appartement. Elle était belle et valait sûrement beaucoup d'argent. Qu'est-il arrivé à la petite fille qui la chérissait?

Au sous-sol de notre bâtiment, il y a un hôpital dirigé par une Américaine aidée d'Espagnols. C'est une infirmerie pour les soldats. Elle a été très occupée après les combats qui ont eu lieu plus au sud, en mars et en avril. Présentement, elle est surtout remplie de civils blessés par les bombes. J'ai parlé à une infirmière espagnole qui voulait perfectionner son français. Elle m'a dit à quel point tout le monde était reconnaissant envers les étrangers qui, comme moi, venaient aider le peuple espagnol. J'étais très fier. Elle habite tout près et m'a invité à dîner demain. J'ai hâte.

Autant j'aime Barcelone, autant j'aimerais que l'on aille rejoindre le Mac-Paps (le surnom du Bataillon canadien) et qu'on termine notre entraînement. On est venu ici pour se battre après tout.

NEUF

Alors que le train sortait bruyamment d'une gare déserte et poursuivait sa route, sillonnant les collines poussiéreuses d'Aragon, j'ai donné le journal de grand-père à Laia. Elle m'avait demandé si elle pouvait le lire et je n'y voyais pas d'objection. Ma seule condition était qu'elle ne lise pas au-delà du passage où j'étais rendu.

J'observais ma guide, absorbée par le journal. J'avais de la difficulté à rester assis ; trois heures en train séparaient la station Estació de França, à Barcelone, de Flix, sur l'Ebre. Heureusement, mes craintes concernant mes projets et le fait de voyager seul s'étaient évanouies. J'allais démêler le mystère de mon grand-père avec l'aide d'une magnifique jeune Espagnole. Peut-être pourrait-elle devenir plus que mon guide? DJ pouvait bien garder sa montagne!

Laia a levé les yeux sur moi et a surpris mon sourire béat pendant que je la contemplais. Les oreilles rougies par la timidité, j'ai rapidement tourné mon regard vers la fenêtre. Dehors, je pouvais voir défiler des oliviers aux troncs noueux plantés en rangs bien ordonnés le long des collines rouges et desséchées.

La veille, après sa leçon d'histoire, Laia m'avait amené sur la Rambla dans un restaurant appelé Café Moka, où j'ai mangé la meilleure pizza de ma vie. Je m'étais toutefois trompé en pensant que la classe était terminée.

— En 1937, il y a eu des combats ici entre les communistes et les anarchistes, m'a-t-elle dit.

— Pourquoi? N'étaient-ils pas du même côté?

— Oui, mais il y avait des différends au sein des deux groupes. Les communistes détestaient les anarchistes car ils remettaient toujours les ordres en question. Les communistes pensaient qu'il fallait centraliser et organiser la république pour gagner la guerre. Les anarchistes, eux, estimaient que les gens devaient prendre leurs propres décisions, même en temps de guerre. L'écrivain anglais George Orwell était ici à cette époque et il s'est fait prendre dans cette histoire.

— Celui qui a écrit *La Ferme des animaux*?

Laia a confirmé d'un hochement de tête.

— Il a été blessé et il habitait de l'autre côté de la rue. Quand la bataille a commencé, il s'est battu contre des communistes. Ici, dans ce café.

J'ai regardé les comptoirs propres et lustrés et les reproductions d'art moderne sur les murs.

— C'était très différent à l'époque, a-t-elle dit.

Je constatais que l'histoire était partout et que Laia la connaissait presque entièrement.

Alors que je me remémorais notre dîner de la veille, elle m'a ramené au présent en me disant :

— Maria m'a parlé des bombardements de Barcelone qu'elle a vus quand elle était jeune.

Laia a fermé le journal et, en regardant par la fenêtre, m'a dit :

— Nous y voilà.

Nous longions un cours d'eau assez large et brunâtre, avançant doucement entre de hauts rivages.

— L'Ebre ?

— Oui. Nous serons bientôt à Flix.

— Est-ce que mon grand-père a combattu ici?

— Je ne le crois pas, même si une partie de la bataille a eu lieu ici, a répondu Laia en désignant le paysage.

Puis, se tournant vers moi, elle a ajouté:

— Peut-être devrais-tu connaître le contexte de la bataille dans laquelle ton grand-père s'est engagé?

— Comment se fait-il que tu connaisses si bien l'histoire? ai-je demandé.

Laia a réfléchi une minute.

— Je suppose que c'est parce qu'en Europe, nous avons une histoire très riche et très violente qui a eu lieu sur nos terres. Mais n'essaye pas de me distraire, ta leçon va commencer.

J'ai ri. Si tous mes professeurs avaient été comme elle, je me serais inscrit à tous les cours offerts en histoire et en sociologie.

— Quand ton grand-père est arrivé après avoir franchi les montagnes, a-t-elle commencé, la guerre faisait rage. Les fascistes avaient rejoint la mer au sud d'ici et divisé la république en deux. Le bombardement de Barcelone était intense, la frontière avec la France était fermée et les forces navales de Franco bloquaient le port. La république manquait de tout, et ce n'était qu'une question de temps avant que les fascistes ne marchent sur la Rambla.

Je ne voyais pas pourquoi grand-père avait choisi ce moment pour venir se battre, alors que la guerre était presque perdue. Peut-être son journal m'en donnerait-il la raison?

— Le seul espoir était que la guerre contre le fascisme éclate en Europe. L'Angleterre et la France auraient alors été obligées d'aider l'Espagne.

— Mais grand-père était ici en 1938 et la Deuxième Guerre mondiale n'a pas commencé avant 1939, ai-je dit, fier de montrer mes minces connaissances en histoire.

— Oui, mais elle a failli commencer à Munich l'année précédente.

Je ne pouvais rivaliser avec Laia.

— Que s'est-il passé à Munich?

— Les accords de Munich, ça te dit quelque chose?

Laia m'a regardé, mais j'ignorais de quoi elle parlait.

— La crise de la Tchécoslovaquie?

J'ai secoué la tête.

— En 1938, Hitler a menacé d'envahir les terres frontalières de la Tchécoslovaquie. Si les pays démocrates essayaient de l'en empêcher, il allait leur déclarer la guerre.

— Donc, la Deuxième Guerre mondiale aurait pu commencer là?

— Facilement.

— Et pourquoi elle n'a pas eu lieu à ce moment?

— Pour la même raison que les démocraties n'ont pas aidé le gouvernement espagnol contre les fascistes : ils avaient peur. Les premiers ministres de l'Angleterre et de la France ont rencontré Hitler et ont accepté de lui céder les parties de la Tchécoslovaquie qu'il réclamait.

— Vraiment? ai-je lâché.

— Oui. En échange, Hitler a promis qu'il n'envahirait pas d'autres pays. Sauf que l'année suivante, son armée a attaqué la Pologne. Même le plus trouillard des politiciens a dû se rendre compte que la guerre ne pouvait être évitée. Le plan était que s'il y avait une grande victoire ici, a continué Laia en indiquant de la main le paysage que nous traversions, ça encouragerait l'Angleterre et la France à aider l'Espagne. La république a réuni le plus de forces possible, incluant ce qui restait des Brigades internationales, et a planifié une attaque-surprise sur l'Ebre. Voilà la bataille à laquelle ton grand-père a pris part.

— À Flix?

— La bataille a eu lieu le long du fleuve, mais la Quinzième Brigade a traversé près de Flix. Je pense que c'est un bon endroit pour commencer une lutte. Maintenant, continue la lecture du journal, m'a-t-elle dit en me rendant le livre de grand-père. Peut-être nous indiquera-t-il où aller après.

---

30 JUIN

Nous avons enfin reçu des ordres! Demain, nous partons à la campagne rejoindre les Mac-Paps à leur camp d'entraînement. Un nouveau mois, une nouvelle aventure.

Bob et moi ne nous ennuierons pas de Winnie, mais Barcelone va me manquer. Durant les deux dernières semaines, malgré les bombardements constants, j'ai appris à aimer cette ville. Les gens sont très amicaux et ils feraient n'importe quoi pour nous aider. Il y a deux jours, j'ai rassemblé tout l'espagnol que je connaissais pour demander à un vieil homme mon chemin pour l'hôpital. Je devais y récupérer du sérum pour nos blessés. Non seulement m'a-t-il indiqué le chemin, mais il a insisté pour m'accompagner, même si l'endroit était loin et qu'il devrait pour cela dévier considérablement de sa route. Pendant le trajet, je ne comprenais pas très bien ce qu'il me disait, mais il insistait pour me raconter des histoires en me montrant des édifices dignes de mention. Arrivé à

l'hôpital, à ma grande gêne, il m'a embrassé et a crié :
« ¡Viva las Brigadas Internacionales! » Puis il a repris
sa route. Ça vaut la peine de se battre pour de telles
personnes. Et si ce que dit Winnie est vrai, des milliers d'entre elles se font tuer par les fascistes.

Ce midi, je suis allé dîner chez l'infirmière qui
habite tout près d'ici. Sa famille m'a accueilli comme
l'un des siens et a partagé généreusement sa maigre
ration de nourriture. Toutefois, il y avait beaucoup de
vin, et, après quelques verres sur un estomac vide, j'ai
commis l'impardonnable : je me suis assoupi à la ca-
serne pendant la lecture de Winnie en après-midi.
Comme punition, j'ai dû nettoyer les latrines derrière
le bâtiment, une corvée franchement dégoûtante que
j'avais réussi à éviter jusqu'à présent.

Même si je me suis lavé presque au sang, je
sens encore le poulailler et j'ai tout juste la force de
tenir mon crayon. Mais je voulais consigner ici la
nouvelle de notre départ de demain. Maintenant, je
vais dormir et rêver à un lendemain sans Winnie.

1ER JUILLET

C'est le jour de la Confédération du Canada.
Pas de bannière rouge ni de chants patriotiques, mais
le drapeau des Mac-Paps a été porté bien haut et
le chant patriotique a été déclamé avec vigueur.
Notre bannière est faite d'un large rectangle rouge,
portant l'inscription « BATAILLON DU CANADA

MACKENZIE-PAPINEAU, 1837-1937, LE FAS-CISME SERA VAINCU ». Il y a aussi un poing levé au-dessus d'une étoile rouge et une feuille d'érable verte. C'était grandiose. J'avais une boule dans la gorge pendant que nous chantions.

En tant que nouvelles recrues, nous avons été enrôlées dans un escadron sous les ordres d'un officier canadien. Il s'appelle Pat Forest, mais tout le monde l'appelle « Mini » parce qu'il mesure près de deux mètres de haut et presque autant de large. C'est un communiste dévoué et il était débardeur aux quais de Vancouver. Il est ici depuis janvier 1937 et il a été blessé QUATRE fois. Les hommes disent que c'est à cause de sa carrure : il est une cible facile.

On m'a dit que la majorité des Mac-Paps sont maintenant de jeunes Espagnols. Certains ont même l'air plus jeunes que moi! Mini nous a dit qu'il y avait aussi des Canadiens répartis dans d'autres esca-drons. Il connaît plusieurs garçons du bataillon Dabrowski : récemment émigrés d'Europe de l'Est au Canada, ces derniers se sentaient plus à l'aise avec la langue parlée dans ce bataillon. C'est très étrange, mais la nationalité n'a pas vraiment d'importance. Nous sommes tous ici pour la même cause.

Les Mac-Paps ont subi de lourdes pertes pen-dant les batailles du printemps, mais le moral est bon et tout le monde est persuadé que nous allons gagner le prochain combat.

«*Nous allons vaincre ces bâtards*», a déclaré Mini cet après-midi. En fait, ce n'est pas le mot qu'il a utilisé, mais je serais gêné de répéter l'expression qu'il a employée. «*Les gouvernements du Canada, de l'Angleterre et des États-Unis vont voir ce que nous pouvons faire et réaliser qu'ils doivent se tenir debout face au fascisme. Le plus tôt sera le mieux. Ils n'ont même pas à venir se battre; ils n'ont qu'à nous fournir des chars, des avions et des armes décentes, et nous ferons le travail pour eux. Si nous gagnons l'Espagne, vous verrez Hitler et Mussolini s'enfuir en courant. Comme toutes les brutes, ce sont des lâches.*»

«*Lorsque nous entrerons en vainqueurs dans Burgos et que nous condamnerons Franco pour crimes de guerre, nous verrons un troupeau de porcs s'envoler au-dessus de nous*», a lancé Hugh, un homme petit et maigrelet avec d'épaisses lunettes rondes. Avec Mini, il est le seul vétéran de notre escadron. Il était professeur à Winnipeg avant d'être congédié pour avoir tenté de corrompre ses jeunes étudiants avec ses idées communistes. On vient de lui retirer un fragment de bombe de la hanche et il boite encore un peu. Hugh est le rabat-joie de l'escadron. Il cherche toujours le côté négatif dès que quelqu'un essaie d'amener du positif. Ce qu'il a dit m'a fâché, mais les autres ont simplement haussé les épaules en riant.

«*Avez-vous tous oublié ce qui s'est passé en mars et en avril dernier? a continué Hugh. Nous* n'avions rien pour arrêter les tanks allemands ; nos balles rebondissaient sur leurs blindés. Où était notre armée de l'air ? Tout ce que j'ai vu, ce sont quelques vieilles reliques qui explosaient aussitôt qu'elles se montraient. Ces maudits bombardiers allemands et italiens contrôlaient le ciel. Les pires de tous étaient ces bombardiers en piqué, qui descendaient directement sur nous avec le hurlement des sirènes. » Hugh s'est tu et, le regard ailleurs, il a massé sa jambe blessée.

« Écoutez-le, a dit Mini avec un large sourire. Il pense que les bombardiers en piqué le visaient spécifiquement. »

« Ça se pourrait », a amèrement répondu Hugh. Il s'est éloigné en boitant et je l'ai alors entendu faire un dernier commentaire : « Ils nous auront tous, tôt ou tard. »

« Ne faites pas attention à lui, a dit Mini. Cette fois, nous avons des chars d'assaut. Ils sont arrivés l'été dernier alors que la frontière avec la France était ouverte. Si personne ne fait d'erreur, c'est nous qui provoquerons l'effet de surprise cette fois-ci. Franco est concentré sur la prise de Valence et il est embourbé dans les lignes de défense. Notre attaque va lui donner un sérieux coup. Maintenant, commençons votre entraînement. Autrement, même la plus grosse surprise du monde ne nous serait d'aucune utilité. »

Ce soir, Bob, moi et les autres membres de l'escadron avons dormi dans une grange de pierres en ruine. Il n'y a plus de toit, mais c'est sans importance. Je pense qu'il ne pleut jamais ici, et c'est agréable de regarder les étoiles. J'écris ces mots à la lumière d'un bout de chandelle collé sur une gamelle. Bob dort déjà, mais avant de m'endormir à mon tour, je voulais écrire quelques pensées.

La vie est difficile ici et nous n'avons pas encore commencé à nous battre. Mais je suis heureux. Tout est plus simple qu'à la maison et, si je suis honnête comme j'avais promis de l'être en commençant ce cahier, c'est l'une des principales raisons de mon départ. Je suis venu combattre le fascisme et depuis que je suis ici, je me bats pour les gens merveilleux que j'ai rencontrés et pour arrêter ces bombardiers noirs qui survolent Barcelone. Je dois aussi avouer que je m'enfuyais. Je fuyais l'ennui du pays et l'incertitude de ce que j'allais faire de ma vie.

Bon, assez d'apitoiement. Je dois me reposer un peu. Je réécrirai dès que j'en aurai la chance.

DIX

Alors que le train se précipitait hors du tunnel, la clarté du soleil m'a aveuglé. J'ai plissé les yeux et j'ai vu l'Ebre serpentant autour d'une mince langue de terre. Perchés sur le plus haut point de la péninsule, se dressaient les murs d'un château en ruine. Des édifices modernes se répandaient sur les flancs de la colline jusqu'au bord de l'eau, et des camions s'agitaient sur un long pont en face de nous. Le train a ralenti à l'approche du quai de la gare.

— Est-ce Flix? ai-je demandé.

— Oui, c'est ici que nous commençons, a répondu Laia.

Elle avait terminé sa section du journal et me l'a rendu. Elle s'est levée et a attrapé son sac à dos. J'ai pris le mien et j'y ai rangé le journal, dans l'une des pochettes extérieures.

— Nous ne savons toujours pas où il faut aller maintenant. Les dernières sections du journal de grand-père ne nous ont pas beaucoup aidés.

— C'est vrai, a admis Laia. Mais il n'écrivait pas tous les jours et il n'a pas rempli les pages de futilités. Je ne pense pas que la bataille ait eu lieu très loin d'ici. Elle a commencé le 25 juillet. Trouvons d'abord une auberge et ensuite nous pourrons nous rendre à pied au château. De là, nous aurons une très bonne vue des deux côtés du fleuve. Si nous continuons à lire le journal, peut-être saurons-nous où il faudra aller demain.

— D'accord, ai-je approuvé tandis que le train s'arrêtait.

J'aimais bien que Laia soit mon guide et qu'elle s'occupe de tout.

Nous avons trouvé une petite pension à quelques rues de la gare. La propriétaire, une vieille femme petite, voûtée et entièrement vêtue de noir, nous a regardés avec méfiance quand Laia lui a demandé si sa pension était complète. Elle s'est détendue quand Laia lui a indiqué que nous avions besoin de deux chambres.

Celles-ci étaient petites, mais pas trop chères. Mes pieds dépassaient du lit. Laia et moi partagions une petite salle de bain commune au bout du couloir. Nous avons eu un désaccord à propos du paiement de la pension. Selon moi, je devais payer toutes les dépenses liées au voyage avec l'argent de grand-père. Mais Laia insistait pour payer sa part. Nous sommes parvenus à un compromis: je paierais pour les chambres et elle s'occuperait de la nourriture.

Comme nous partions pour le château, la propriétaire a engagé la conversation. Elle attendait près de la porte d'entrée et il était évident qu'elle cherchait une occasion d'aller répandre les nouvelles qui, nous le savions, auraient fait le tour du village avant même que nous ne soyons revenus de notre excursion.

Laia lui a expliqué que j'étais Canadien, que mon grand-père s'était battu pendant la guerre et que nous étions là pour découvrir ce qu'il lui était arrivé.

La dame s'est lancée dans un monologue qui a duré une demi-heure, nous racontant comment la vie était difficile lorsqu'elle était jeune fille. Laia traduisait l'essentiel de ses paroles du mieux qu'elle pouvait. Apparemment, même si la ville avait été bombardée, il y avait eu peu de combats à Flix ; le quartier général des républicains était situé dans le tunnel que nous venions de traverser en train et plusieurs ponts flottants enjambaient le fleuve tout près d'ici. La dame a ajouté qu'à cette époque de la guerre, le sucre était à peu près impossible à trouver, et le pain, dégoûtant et hors de prix.

Comme nous essayions de prendre congé de la propriétaire, elle s'est tournée vers moi. Elle m'a agrippé le bras avec une poigne surprenante et m'a fixé droit dans les yeux. J'ai été surpris d'y voir une larme.

— *Gracias*, m'a-t-elle dit.

— Ce n'est rien, ai-je balbutié sans vraiment savoir pourquoi elle me remerciait.

— *Gracias. Gracias*, a-t-elle répété.

Les larmes coulaient à présent sans retenue le long de ses joues ridées. J'étais embarrassé. Elle a lâché mon bras, a levé le poing dans les airs et, d'une voix que l'âge et l'émotion rendaient tremblotante, elle a entonné la chanson que j'avais entendue dans l'autobus.

— *Viva la Quince Brigada, rumba la rumba la rumba la…*

Je suis resté debout, très gêné, pendant qu'elle chantait le refrain. Quand elle a eu fini, elle a essuyé ses yeux sur sa manche, m'a embrassé et est rentrée précipitamment dans sa maison.

— Wow! ai-je dit alors que Laia et moi descendions les rues étroites. C'était quoi tout ça?

— Elle te remerciait pour les Brigades internationales.

— Mais la guerre est terminée depuis plus de soixante-dix ans. Et je n'ai rien à voir avec cette guerre, ni avec les Brigades.

— C'est vrai. Mais comme je te l'ai dit, ton passé t'accompagne. Ton grand-père s'est battu ici, avec les Brigades internationales. Cette dame ne peut pas le remercier directement, donc elle te remercie, toi. Nous sommes Espagnols. Nous traînons un très lourd passé et les années de la guerre, comme celles qui ont suivi, sont toujours vives dans la mémoire de ceux qui les ont vécues. Encore aujourd'hui, nous trouvons des charniers et nous en apprenons davantage sur les milliers de nouveau-nés qui ont été volés dès leur naissance et donnés en adoption à des familles fascistes. Le passé est très vivant pour nous.

Nous avons parcouru en silence le sentier qui nous menait au château. J'étais plongé dans mes pensées. Est-ce que les larmes de la vieille dame faisaient partie de la passion qu'avait évoquée grand-père? Est-ce que la guerre avait eu autant d'importance pour lui qu'elle en avait manifestement pour elle ? Si oui, pourquoi n'en avait-il jamais parlé ? Je découvrais des choses, mais j'étais encore loin du but.

Les pierres rugueuses du château de Flix étaient tièdes en cet après-midi ensoleillé. Laia avait raison : la vue était spectaculaire dans les deux directions. J'ai essayé de m'imaginer les deux armées s'affrontant et les morts sur les rives du fleuve, mais tout était trop paisible. Les fermiers travaillaient aux champs, les mouettes piquaient vers l'eau et, à l'occasion, un petit bateau de pêche dérivait lentement, porté par le courant.

— Je vais aller me promener dans les ruines, a dit Laia. Pourquoi ne lirais-tu pas un peu le journal pour voir si ton grand-père nous dit où nous devons aller ensuite ?

---

15 JUILLET

Il y a déjà deux semaines que je n'ai pas écrit. Si je veux tenir ma promesse et décrire tout ce qui se passe, je dois me forcer à écrire malgré la fatigue.

Nous sommes encore dans la ferme en ruines, mais des rumeurs courent selon lesquelles nous devrions partir bientôt. Nous nous entraînons de douze à quatorze heures par jour. Il y a des jours où nous nous exerçons à mettre à flot des petits bateaux et à ramer jusqu'à l'autre rive. Mais la plupart du temps, nous chargeons sur des collines accidentées et nous nous habituons à creuser des tranchées et à construire des murets pour nous cacher. Nous faisons quelques exercices de tir, mais comme il n'y a qu'un fusil pour deux hommes, c'est plutôt rare. Nous avons eu une formation pendant laquelle nous devions avancer avec les chars d'assaut, ce qui était nettement plus excitant. Nous n'avions pas vraiment de chars, puisqu'ils sont gardés en lieu sûr jusqu'à l'attaque. Nous devions donc imaginer que les officiers qui portaient de gros drapeaux rouges étaient les blindés.

Mini est génial et généreux de son temps avec nous, les nouvelles recrues, mais sévère quand il le faut. Pendant un entraînement, Bob a fait l'imbécile. Mini lui a remonté les bretelles devant tout le monde.

« Il n'y a rien de drôle, a-t-il dit. La guerre n'est pas un jeu. Ce que j'essaie de vous apprendre pourrait vous sauver la vie dans quelques jours. Plus important encore, ça pourrait sauver la vie de l'homme qui est à côté de vous. Si nous voulons gagner cette bataille, nous avons besoin de tous les hommes. »

Bob, ainsi que tout le groupe, a été vertement réprimandé et depuis, nous prenons notre travail plus au sérieux.

Hugh continue avec ses lamentations. Ce soir, par exemple, nous discutions des chars d'assaut qui doivent venir en renfort.

— Un tas de soldats qui portent des drapeaux rouges, ça va certainement faire peur aux fascistes! a-t-il commenté.

— Ce n'est que pour l'entraînement, ai-je répondu. Les vrais tanks seront là quand nous en aurons besoin.

Hugh a tourné son regard vers moi.

— Et comment allons-nous traverser l'Ebre?

— À bord des bateaux avec lesquels nous nous exerçons, ai-je répondu, ennuyé par sa question qui me semblait stupide.

— Et combien d'hommes peuvent monter sur chaque bateau? a-t-il continué.

— Huit, tu le sais très bien.

— Et combien de chars?

— Que veux-tu dire? ai-je répliqué, irrité. C'est une question idiote. Les bateaux sont beaucoup trop petits pour transporter des chars.

Hugh a souri et a poursuivi comme s'il faisait la leçon à un enfant de cinq ans.

— Les fascistes sont d'un côté du fleuve et nous de l'autre. Présumons, et c'est très hypothétique, que nous arrivons à garder l'attaque secrète, qu'ils ne nous envoient pas en enfer pendant que nous sommes sur le fleuve, que nous traversons et que nous réussissons à établir une tête de pont. Disons que nous avons de la chance et que nous avançons encore pendant quelques jours. Que faisons-nous après?

— Nous continuons, ai-je dit.

— Soutenu par nos merveilleux chars d'assaut?

— Bien sûr.

— Comme tu l'as si intelligemment fait remarquer, nos bateaux ne peuvent pas transporter les chars, et je doute que les fascistes soient assez généreux pour laisser un pont intact au-dessus du fleuve.

— Nous avons des ingénieurs, ai-je riposté. Ils nous suivront pour reconstruire les ponts.

— Bien sûr, et les bombardiers fascistes seront au-dessus pour les encourager! Tu es un bon garçon, mais tu as encore beaucoup à apprendre. Les seules batailles que nous avons remportées sont celles où nous nous sommes défendus. Les fascistes ont de meilleurs avions, de meilleurs armements, de meilleurs chars, de meilleurs fusils et, surtout, plus de tout. Chaque fois que nous sortons à découvert, nous nous faisons découper en petits morceaux. C'est arrivé encore et encore, et ça arrivera cette fois aussi, tôt ou tard.

Hugh s'est enroulé dans sa couverture et s'est détourné. Son négativisme m'énerve profondément, mais il a semé le doute en moi et je me demande s'il est possible qu'il ait raison. Je suis fatigué. Je dois dormir avant de trop réfléchir à la question.

Nous avions un entraînement de tir au-jourd'hui et le boulon d'un vieux fusil a volé en éclat. Ça a entaillé profondément la joue de l'homme qui le tenait, Horst, un réfugié allemand qui a traversé les Pyrénées avec Bob et moi. Je pense que ça lui a aussi fracturé la mâchoire. Il a malgré tout eu de la chance; il aurait pu perdre un œil. Il a été évacué en ambulance vers Barcelone, sa figure couverte de bandages ensanglantés et son poing levé en un salut provocant.

Hugh se tenait à côté de moi et il affirmait que cet homme avait de la chance puisqu'il manquerait sans doute la bataille. Je me suis emporté.

— Si tu ne veux pas te battre, ai-je dit, pourquoi ne pars-tu pas? Tu n'es qu'un lâche.

Hugh m'a fixé et, pendant une minute, j'ai cru qu'il allait me frapper. Mais il a éclaté de rire.

— Tous les hommes sensibles sont des lâches, a-t-il dit, mais je n'irai nulle part. Je suis venu ici pour me battre et pour tuer des fascistes. C'est ce que je fais depuis un an et demi. Je n'arrêterai pas maintenant. Il ne reste presque personne du bataillon original. Sur les vingt-cinq personnes qui ont traversé à pied les montagnes la veille de Noël de 1936, il ne reste que Mini et moi. Si cette guerre se prolonge encore longtemps, je ne gagerais pas sur mes chances de voir un autre Noël. Si c'est ce qui doit arriver, *alors soit. J'ai pris un engagement et je ne le renierai pas, et que je sois damné si je meurs joyeusement, aveuglé par les stupidités et les erreurs qui, jusqu'à présent, ont coûté la vie à bien trop d'hommes de qualité. Tout le monde ment, mon garçon, m'a dit Hugh en me tapotant l'épaule. Souviens-t'en, et peut-être vivras-tu un peu plus longtemps.*

Quel homme étrange, ce Hugh.

Je me demande si Horst va être soigné par l'infirmière que j'ai rencontrée à Barcelone.

---

20 JUILLET

J'ai un chapeau. Un béret en fait. Il y a très peu de directives à propos du port d'un casque, donc tout le monde porte ce qu'il parvient à dénicher. Si j'avais su, j'aurais trouvé quelque chose de mieux à Barcelone.

J'ai discuté avec Marcel, le Français avec qui nous avons fait le voyage. Bien que nous lui ayons démontré le contraire, il tient pour acquis que Bob et moi, parce que nous venons du Canada, parlons couramment anglais. En fait, je crois qu'il veut simplement s'exercer à parler cette langue parce qu'il a de la lointaine parenté au Nouveau-Brunswick et qu'il aimerait lui rendre visite un jour.

Marcel porte un béret qui aurait appartenu à l'écrivain Ernest Hemingway lors de son séjour à

Paris. Je doute que ce soit vrai, bien que le béret soit assez vieux et usé. Marcel dit qu'il va écrire un livre sur son expérience en Espagne. J'ai honte quand je vois la quantité de notes qui couvrent les pages de son grand livre rouge.

Ce matin, Marcel a échangé le chapeau de toile d'un fermier du coin contre la bouteille de cognac bon marché qu'il avait achetée à Barcelone. Le chapeau n'est pas en meilleure condition que le béret, mais ses larges bords protègent son visage du soleil brûlant. J'avais admiré son béret et, comme je n'avais pas de chapeau, il me l'a offert. C'est seulement un prêt et Marcel m'a fait promettre de le lui rendre après la bataille.

J'ai épinglé mon insigne sur le couvre-chef et je l'ai porté fièrement toute la journée. Bob prétend que j'ai l'air d'un gangster parisien et Hugh a souligné qu'un casque de métal me serait plus utile. Mais je suis heureux.

---

21 JUILLET

Une note rapide pour dire que nous avons reçu des ordres. Nous partons ce soir pour l'Ebre. La bataille est imminente. C'est la raison pour laquelle je suis ici. Je suis si excité que j'arrive difficilement à tenir mon crayon. Je regrette de ne pas avoir écrit davantage. Je ne sais pas quand j'aurai une autre occasion de le faire.

22 JUILLET

Je suis dans une grange quelque part. Nous marchons de nuit et nous nous cachons des avions fascistes le jour. Heureusement, il y a peu d'avions, sinon ils verraient ce qui se prépare. Un flot d'hommes circule aux abords de toutes les routes et voies ferrées pendant que les camions font sans arrêt des allers-retours. C'est épuisant, mais notre moral est bon. Je n'ai vu aucun char jusqu'à présent, mais je suppose qu'on les cache jusqu'à la bataille.

23 JUILLET

Nous sommes toujours dans la grange. C'est ennuyant et il fait chaud. Quand allons-nous avancer?

Christopher nous a appris une chanson ce soir. Apparemment, elle a été écrite par un Britannique dans un bled appelé Jarama, à l'extérieur de Madrid. Elle se chante sur l'air de Red River Valley *et les paroles m'ont perturbé. On n'y parle pas de gloire, ni de ce pour quoi nous nous battons, mais seulement d'un groupe de soldats qui s'ennuient et qui pensent avoir été oubliés. J'ai demandé à Christopher de me répéter les paroles.*

Il y a une vallée en Espagne appelée Jarama,

C'est un endroit que nous connaissons bien.

Parce que c'est là que nous avons gaspillé notre jeunesse,

Et aussi beaucoup de notre vieillesse.

De cette vallée, ils disent que l'on va partir

Mais ne se pressent pas pour nous dire adieu.

Car même si nous parvenons à en sortir

Nous serons de retour dans une heure ou deux.

Oh, nous sommes fiers du Bataillon britannique

Et de son exploit titanesque.

S'il vous plaît, faites pour nous cette petite escapade

Et portez ces dernières paroles à la Brigade :

« Vous ne serez jamais heureux avec des étrangers,

Ils ne vous comprendront pas comme nous,

Souvenez-vous de la vallée de Jarama

Et du vieil homme qui attend patiemment. »

— Ça ne parle pas de la guerre ou de quelconques batailles, ai-je fait remarquer.

— Mon jeune ami, a dit Christopher avec son ton d'aristocrate, les chansons de soldats le font rarement. Quand tu es dans le commerce de la mort, tu ne veux pas le chanter. Seuls ceux qui ne vont pas à la guerre écrivent de telles chansons. Les soldats composent des textes sur leurs terres natales, sur leurs amours et sur l'ennui.

— Ce n'est pas très patriotique, ai-je insisté.

Christopher a souri.

— Alors que penses-tu de ça : «À Jarama, le Bataillon britannique de six cents hommes a combattu durant trois jours sur une colline appelée "la Colline du suicide". Quatre cents d'entre eux n'ont pas survécu. » Est-ce assez patriotique pour toi ?

---

24 JUILLET

Il est vingt heures et le soleil vient tout juste de se coucher derrière les bords du caniveau dans lequel nous nous sommes abrités. Je vais écrire le plus possible avant que la lueur du jour ne s'éteigne. Nous n'avons pas le droit d'allumer des bougies. Dans cinq heures, nous attaquons. Les Mac-Paps sont de la deuxième vague et nous traverserons l'Ebre demain matin. Les Catalans nous précéderont et nettoieront les collines des Maures qui y sont cachés. Nous traverserons entre Flix et Ascó, et nous nous dirigerons vers le sud en direction de Corbera et Gandesa. Mini dit qu'il y a environ vingt kilomètres entre ici et Gandesa. Les unités au sud seront plus près que nous, mais nous aurons la tâche plus facile, car nous longerons une vallée importante. Les autres unités devront la plupart du temps combattre sur des crêtes. J'espère qu'il a raison.

Mini nous a réunis cet après-midi pour nous parler de l'attaque. Il nous a conduits sur une colline tout près d'ici. Ce n'est pas une mince tâche que de monter en pleine chaleur du jour. Du haut, on pouvait voir le château de Flix au nord, et Ascó au sud. Aucun des deux lieux n'est situé à plus de deux ou trois kilomètres d'ici, mais ils sont dans un autre monde. Un monde situé de l'autre côté du fleuve, où nous devrons nous rendre demain.

Hugh a demandé quels étaient les ordres. Mini a souri et a dit qu'ils étaient assez simples et que même lui les comprendrait.

— Allez aussi vite et aussi loin que possible vers Gandesa.

Je m'attendais à entendre Hugh rétorquer quelque chose sur la façon dont nous étions censés remporter la victoire avec de tels ordres, mais il est resté silencieux.

Personne ne dormira ce soir. Les plus chanceux d'entre nous, ceux qui ont des fusils, les nettoient de façon compulsive. Il n'y en a qu'un pour deux hommes, et Bob en a un, car il a mieux réussi que moi aux exercices de tir. Il m'a promis de tuer le premier Maure qu'il verrait et de me passer l'arme ensuite.

Nous y sommes enfin. Chacun est assis, silencieux, perdu dans ses pensées. Personne ne blague ni ne fait l'imbécile. Même Hugh a cessé de se plaindre. Plusieurs hommes écrivent des lettres sur des bouts de papier. J'ai donné à Bob une page de ce journal pour qu'il écrive un mot à ses parents. Je le conserve dans ma poche, au cas où quelque chose lui arriverait. Ce journal est ma lettre. J'ai demandé à Bob de le remettre à l'infirmière espagnole de Barcelone.

Pourtant je la connais à peine. Je suppose que c'est parce que le monde ici est si différent que personne à la maison ne pourrait comprendre. Je ne suis plus l'homme qui a traversé les montagnes il y a quelques semaines. J'ai grandi, en quelque sorte. Je suppose que si je survis aux prochains jours, je grandirai encore plus.

Demain, chacun de nous portera un sac d'au moins vingt-trois kilos. D'ici à ce que les ponts soient construits, nous devrons survivre avec ce que nous transportons, avec ce que la population locale pourra nous donner et avec ce que nous volerons à l'ennemi. En plus de ma couverture et de ma gamelle, j'ai des munitions (qui ne me seront d'aucune utilité si je m'empare d'un fusil ennemi qui n'est pas du même calibre); un sac de biscuits; quelques tranches de pain; trois rondelles rouges de chorizo épicé et séché; plusieurs oranges et, étrangement, du bœuf salé en conserve que les Anglais appellent «corned beef». Nous en avons tous reçu une boîte. Je suppose qu'un cargo a réussi à franchir le blocus. J'aurais aimé qu'il soit rempli d'armes.

L'approvisionnement en eau risque d'être problématique, c'est pourquoi j'ai ma propre gourde et deux autres en cuir qu'on appelle «botas». Il faut un peu d'entraînement pour les utiliser, car on doit les tenir éloignées du visage et faire gicler l'eau ou le vin directement dans la bouche. Au début, j'en mettais partout. Maintenant, j'ai l'habitude.

Il n'y a pas de lune ce soir et il fait trop noir pour que je continue à écrire. Je vais garder mon journal dans la poche de ma veste et j'y gribouillerai quelques mots chaque fois que j'en aurai l'occasion. En route vers Gandesa!

ONZE

Depuis la plus haute partie du mur que nous venions d'escalader, Laia et moi pouvions à peine distinguer les toits des maisons d'Ascó, cinq kilomètres plus au sud. Quelque part sur le fleuve sinueux, entre l'endroit où nous nous trouvions et Ascó, mon grand-père, Bob, Mini, Christopher, Marcel, Hugh, Carl et les deux Américains avaient traversé pour se lancer dans la bataille. La tentation de poursuivre la lecture était presque irrépressible, mais j'ai résisté.

— Maintenant, nous savons où aller, a dit Laia.

— On descend vers Ascó et ensuite on longe la vallée vers Corbera et Gandesa?

— Exactement. Nous allons marcher dans les traces de ton grand-père.

— Est-ce qu'il y a des autobus? ai-je demandé.

— Oui, mais j'ai une meilleure idée.

— Laquelle?

— Tu verras, m'a-t-elle répondu avec un sourire malicieux au coin des lèvres.

Elle a sauté du mur et a pris le chemin du retour.

— Viens, m'a-t-elle crié en se retournant, je te paie des escargots!

— Tu as dit des escargots?...

— Tu vas adorer, a-t-elle répondu en riant, c'est une spécialité locale.

Tout en suivant Laia, je réfléchissais à ce que grand-père avait écrit dans son journal.

— Tu penses que Maria était l'infirmière de Barcelone auquel mon grand-père pensait constamment?

Laia s'est tournée vers moi.

— Je me demandais la même chose. Est-ce que tu penses que c'est possible?

— Ça se pourrait. J'espère qu'il va bientôt mentionner son nom.

— Je me posais une autre question, a-t-elle poursuivi. Le béret dont il parle est certainement celui qu'on a trouvé dans la valise.

J'ai acquiescé.

— Mais ton grand-père a dit qu'il était précieux pour Marcel et que c'était seulement un prêt. Je me demande pourquoi il ne le lui a jamais redonné…

Nous avons descendu la colline en silence.

Nos escargots ont dû attendre. Notre logeuse, plantée devant la porte de l'auberge, guettait notre retour. Avant même que nous ayons pu dire un mot, elle m'a attrapé par le bras et m'a entraîné le long de la rue en babillant quelque chose par-dessus son épaule.

— Qu'est-ce qu'elle dit? ai-je demandé à Laia qui semblait beaucoup s'amuser de ma fâcheuse position.

— Elle te demande de la suivre.

— Comme si j'avais le choix! ai-je répondu.

— Elle veut te montrer quelque chose. Quelque chose de sa jeunesse.

J'ai grommelé. Que pouvait-il y avoir eu dans sa jeunesse qui aurait pu m'intéresser? En silence, j'ai prié pour que cette excursion n'implique ni étreintes ni chansons.

D'un pas rapide, la vieille femme nous a entraînés sur environ trois pâtés de maisons et s'est arrêtée en face d'une grille noire en fer forgé. Au-dessus de la grille, la silhouette d'un avion qui lâchait des bombes. D'un côté, il y avait le mot *Refugi,* et de l'autre, *Antiaeri.* Un passage étroit conduisait à une grosse porte noire sur le flanc de la colline.

— C'est un abri antiaérien? ai-je supposé.

— Oui, a répondu Laia pendant que nous traversions le couloir pour atteindre la porte.

Un homme, presque aussi vieux que notre guide, a émergé d'une petite salle. Lui et la vieille femme se sont mis à parler rapidement. J'ai saisi les mots *Brigadas Internacionales* et le vieil homme m'a longuement regardé. Quand la dame a eu fini de papoter, il s'est avancé et m'a serré la main.

— *Gracias por su abuelo,* m'a-t-il dit en me secouant vigoureusement la main.

— Il te remercie pour ton grand-père, m'a dit Laia.

— *De nada,* ai-je répondu en espérant que ce soit la bonne expression pour dire « de rien ».

Manifestement persuadée que j'étais sa propriété exclusive et que j'avais passé suffisamment de temps avec le vieil homme, notre logeuse m'a poussé en avant. L'homme a sorti une immense clef et, pendant qu'il déverrouillait la porte et l'ouvrait péniblement, je restai émerveillé par la profusion de remerciements que je recevais pour un événement avec lequel je n'avais rien à voir.

Quand la porte fut ouverte, l'homme abaissa un levier situé à côté d'une grosse boîte noire sur le mur, et des lumières se sont allumées, faisant découvrir un long tunnel en briques. Le plafond était voûté et la galerie semblait conduire à une salle sculptée dans la pierre. La femme me pressait d'avancer.

Les murs de la pièce ainsi que des couloirs qui y conduisaient étaient couverts de tableaux modernes affichant des cartes, des photos d'avions, divers types de bombes et des édifices en ruines. Il y avait aussi des photos anciennes sur lesquelles on pouvait voir hommes, femmes et enfants assis contre les parois du tunnel, le regard inquiet et fixant l'objectif de l'appareil photo. Je voulais étudier plus attentivement les photos et j'aurais aimé que Laia traduise les informations, mais la vieille femme avait recommencé à parler et Laia peinait à la suivre.

— Elle a passé plusieurs jours et plusieurs nuits ici quand elle était plus jeune, a expliqué Laia. Pendant la guerre, il y a eu beaucoup de bombardements. On pouvait sentir le sol trembler et les pierres tombaient des toits.

Tandis que Laia traduisait ses paroles, la vieille femme gesticulait en mimant les tremblements de terre et les objets qui tombaient.

— C'était comme si tout allait s'effondrer au-dessus de nos têtes, a continué Laia. Si l'on survivait, on ignorait si notre maison avait résisté. On pouvait entendre les bombes exploser.

La femme sautillait partout en criant: «Boum! Boum! Boum!»

Nullement impressionnée par mon air sidéré, elle m'a entraîné vers l'un des panneaux d'affichage et a appuyé solennellement sur un bouton noir. Un écran de télévision s'est brusquement allumé et a diffusé des images d'avions noirs, de bombes qui explosaient, d'édifices en flammes, de murs s'écroulant et de corps éparpillés à travers les décombres de la rue tels des poupées désarticulées, avec pour trame sonore le rugissement des sirènes et le grondement des explosions. La présentation audiovisuelle s'est arrêtée aussi soudainement qu'elle avait commencé, nous laissant dans un silence accablant.

— *La guerra*, a dit la femme doucement.

— La guerre, a traduit Laia bien inutile-
ment, car même moi j'avais compris.

Comme si elle revenait à la réalité, la femme
m'a tiré par la manche pour me montrer un autre
tableau. Une photo de gens dans un tunnel occu-
pait presque tout le panneau. Elle a examiné l'image
et a montré du doigt le centre du tunnel, où une
petite fille se tenait blottie. L'image était floue, mais
elle avait l'air d'avoir cinq ou six ans. Elle se tenait
entre deux adultes, probablement ses parents, et
jetait des regards inquiets aux alentours.

— *Esa soy yo*, a-t-elle dit.

Je n'avais pas besoin de traduction.

— C'est vous ?

Avec un hochement de tête vigoureux, la
femme a continué :

— *Tenia cinco años.*

— Vous aviez cinq ans.

Un large sourire a éclairé son visage, dévoi-
lant une rangée de dents jaunies. Elle a pris ma
main. Je pensais qu'elle me conduirait encore vers
son passé, mais elle a fait la même chose avec Laia.
Déboulant une longue tirade en espagnol, la
vieille femme nous a forcés à nous tenir la main,
puis nous a indiqué la sortie vers la lumière du
jour. En émergeant dehors, ébloui par le soleil, j'ai
demandé à Laia ce qu'avait dit la femme.

Sa pression sur ma main m'a donné des frissons de plaisir.

— Elle a dit : « La guerre est finie. Allez et soyez jeunes. »

Le lendemain matin, j'ai écrit un message texte à DJ.

Cmt ca va frérot? Ta fnlmt atteint le sommet? Jai tt 1 histoire pr toi.

Ensuite, j'ai dû subir les adieux émouvants de notre logeuse et lui ai promis de revenir un jour. J'ai suivi Laia et découvert quel moyen de transport elle avait choisi. On s'est arrêté devant une vitrine très éclairée. Alignés sur le trottoir d'en face, se trouvaient plusieurs scooteurs aux couleurs vives.

— Un scooteur ?

— Oui, a-t-elle répondu fièrement. C'est abordable et nous pourrons aller où nous voulons, pas simplement là où l'autobus nous aurait conduits.

— Mais je n'ai pas de permis de conduire. Je ne peux pas en louer un.

— Oui, tu peux. Comme nous avons plus de seize ans, nous n'avons pas besoin d'un permis de conduire si nous louons un petit 50 cc. Nous ne gagnerons pas une course contre une Porsche, mais nous ne sommes pas pressés.

Une demi-heure plus tard, nous nous promenions tranquillement dans les rues étroites de la ville sur deux scooters d'un bleu éclatant. Au début, j'étais un peu instable à cause du poids de mon sac à dos, mais nos véhicules étaient très faciles à conduire. Ils avaient chacun un démarreur électrique et une transmission automatique, et il en coûtait seulement cent cinquante dollars pour quatre jours de location. Nous avons fait un bref arrêt pour acheter des saucisses et du pain, puis nous avons quitté la ville pour la campagne vallonnée. Derrière Laia, je regardais ses cheveux voler au vent sous son casque, le soleil brillait dans le ciel et je me suis surpris à songer que je n'avais jamais été aussi heureux de ma vie. «Merci, grand-papa», ai-je murmuré.

Une fois dans les terres près d'Ascó, la route est devenue plus montagneuse et désertique que je ne m'y attendais. Ici, il n'y avait que les oliviers et les vignes qui poussaient et, après en avoir vu quelques milliers, le paysage est devenu lassant. Je me suis mis à penser à grand-père et à me demander s'il avait traversé cette colline ou cette autre là-bas.

Après quinze kilomètres, j'avais mal partout. J'étais éreinté à force d'être presque aspiré au milieu de la route chaque fois qu'un gros camion vrombissait à quelques centimètres de moi. J'ai été soulagé quand, au détour d'une rue bordée de bâtiments en pierres, nous nous sommes arrêtés. L'édifice devant nous ressemblait à un centre d'interprétation.

— C'est le monument à la mémoire des Camposines, m'a dit Laia. Il est dédié aux soldats des deux camps de la bataille.

Je me suis laissé glisser de mon scooteur, et c'est avec soulagement que j'ai déposé mon sac à dos sur le sol. Laia a fait la même chose, mais avec beaucoup plus d'élégance. Elle a sorti un dépliant de son sac et s'est mise à le lire.

— C'est un centre commémoratif divisé en deux sections, a-t-elle précisé. Ces tableaux d'informations colorés, sur le mur de ciment, racontent l'histoire de dix soldats qui se sont battus ici. Ils symbolisent tous ceux qui ont pris part à la bataille. L'autre section n'est pas ouverte au public, dit-elle en me montrant une série de marches qui s'étendaient au-delà du bâtiment. C'est un... (elle plissait le front dans un effort de concentration) un *ossario*, un endroit où sont conservés les ossements des morts.

— Un cimetière? ai-je suggéré.

— Oui… On trouve encore aujourd'hui des ossements dans les collines environnantes. On les enterre ici. Imagine, des soldats des deux camps sont enterrés côte à côte.

Je me suis dirigé vers les tableaux d'informations, mais Laia m'a arrêté.

— J'ai une suggestion. Je lis les tableaux pendant que tu continues la lecture du journal. Après, on échange.

— Entendu, ai-je dit.

J'étais content à l'idée de m'asseoir et de poursuivre la lecture du journal, mais j'avais l'impression de recevoir des ordres. Je m'acclimatais au pays et je m'habituais à voyager. J'étais reconnaissant pour tout ce que Laia avait fait et continuait à faire. Sans elle, je n'aurais pas découvert la moitié de ce que je savais. Mais une partie de moi souhaitait avoir son mot à dire dans le déroulement des recherches. J'avais échappé à mon grand frère; je ne voulais pas d'une grande sœur.

Mais ce n'était probablement pas le bon moment pour en parler. J'ai sorti le journal de grand-père et je me suis installé sur un banc en bois qui faisait face à la vallée.

25 JUILLET, CRÉPUSCULE

Par quoi commencer? Que puis-je dire? Comment décrire cette journée?

Nous venons de faire une halte dans une oliveraie sur une colline au sud d'Ascó. Pour écrire ceci, dans la lumière vacillante je dois combattre l'épuisement et une faiblesse causée par le relâchement de la tension. Aujourd'hui, j'ai été enthousiaste, terrifié, bouleversé et désorienté plusieurs fois, et mes souvenirs ne sont rien de plus qu'une série d'images et de sensations. Je ne suis même pas sûr qu'ils me reviennent dans l'ordre, mais je vais essayer de raconter ce qui s'est passé du mieux que je le peux.

Nous sommes descendus jusqu'au fleuve avant l'aube. On entendait des tirs de l'autre côté, mais les Catalans avaient traversé pendant la nuit et l'effet de surprise a été total. Ces derniers ont pu continuer bien au-delà des premières collines. Nous traversions sur de petits bateaux, huit ou neuf soldats à la fois, en longeant des cordes tendues en travers du fleuve. Des obus explosaient près de la rive et faisaient jaillir des trombes d'eau sous un ciel d'aurore. Cependant, comme ils provenaient de loin, ils n'ont fait aucun dégât visible. Le seul blessé que j'ai vu était un soldat espagnol qui a trébuché en sortant du bateau et s'est cassé le poignet. Il a été rapidement ramené sur l'autre rive. Est-ce que Hugh dirait qu'il a eu de la chance?

C'était une merveilleuse sensation que de poser le pied sur cette côte qui avait appartenu à l'ennemi quelques heures à peine avant notre arrivée. Les hommes s'affairaient à réunir l'équipement et les vivres, et ils organisaient les unités de combat. Des ingénieurs construisaient déjà des ponts flottants au-dessus du fleuve.

Mini nous a éloignés du tumulte. Nous avons trouvé une pile de fusils appartenant à l'ennemi, des Mausers allemands, et ceux qui n'en avaient pas se sont servis. Je n'ai pas beaucoup de munitions, mais au moins j'ai une arme. Nous sommes passés près d'une colonne de prisonniers maures. L'air renfrogné et abattu, ils étaient conduits brutalement, tel un troupeau, par un soldat espagnol. Ils avaient un petit côté exotique avec leurs chéchias et leurs turbans, portant des couvertures par-dessus leurs uniformes.

Alors que nous traversions péniblement la première crête, nous avons commencé à essuyer des pertes. Un obus isolé a explosé à ma gauche, me rendant presque sourd, tuant deux hommes et en blessant plusieurs. L'un a eu le bras complètement arraché. J'ai vu son membre voler en l'air comme une flèche et atterrir à trois mètres de lui.

Je ne peux pas croire que je viens de décrire si froidement la situation. À la maison, si une telle chose était arrivée, ç'aurait été un drame et j'aurais été horrifié et dégoûté. Ici, on a simplement fait un garrot, puis les blessés ont été conduits ou portés jusqu'aux bateaux. Suis-je devenu un monstre ou est-ce la tension de la bataille ? Étrangement, l'explosion et le bras arraché me semblent beaucoup plus réels maintenant que sur le coup. Il faut dire qu'il y a eu des moments dans la journée où je me sentais comme un observateur. Comme si j'assistais à une représentation.

Mini s'est assuré que tout le monde allait bien – j'ai trouvé un éclat d'obus fiché dans mon sac – et nous avons continué. Nous avons grimpé péniblement quelques collines. Il y avait beaucoup d'équipements abandonnés par les fascistes et nous avons aperçu de longues files de prisonniers. Des explosions survenaient encore ici et là, mais nous étions très éloignés les uns des autres et je ne crois pas que les obus aient fait beaucoup de dégâts. Nous pouvions entendre des coups de feu au loin et apercevoir des colonnes de fumée provoquées par des tirs de canons beaucoup plus lourds.

Puis nous avons reçu l'ordre de faire une halte. Nous avons bu un peu et mangé des saucisses et du pain. J'ai été surpris de constater que c'était déjà l'après-midi. J'aurais juré que nous avions traversé l'Ebre à peine une heure ou deux auparavant, mais la journée était déjà bien entamée.

Nous sommes restés assis à attendre les ordres très longtemps. Puis, comme nous ramassions notre paquetage pour reprendre la route, un escadron de silhouettes noires nous a survolés en se dirigeant tout droit vers le fleuve.

— Des Heinkel He 111, a dit Hugh en mettant sa main en visière pour se protéger les yeux du soleil en regardant le ciel. Pas aussi rapides que les Savoia italiens, mais ils peuvent transporter davantage de bombes. Je n'envie pas les hommes qui travaillent à la construction des ponts.

Nous avons regardé les avions passer en silence. «C'était comme une volée de gros oiseaux noirs», a dit Bob, un peu plus tard. Je n'ai rien répondu, mais j'étais content que nous ayons traversé assez tôt pour les éviter.

Le reste de la journée a été monotone. Nous marchions lentement, dispersés à travers la campagne afin de ne pas devenir une cible facile pour les avions qui faisaient inlassablement l'aller-retour au-dessus de nous. «C'est pas un des nôtres», commentait amèrement Hugh chaque fois qu'un avion passait.

Je trouve difficile de croire tout ce que j'ai vu aujourd'hui. Pas seulement la traversée du fleuve ou l'explosion des obus. À chaque instant, j'ai vu des choses nouvelles et différentes. Souvent, des choses si terribles que dans mon ancienne vie, elles m'auraient mis en état de choc.

Même durant la marche de cet après-midi que j'ai qualifiée de monotone, j'ai vu des corps étendus, des pièces d'artillerie détruites, une maison de ferme entièrement brûlée et entourée de chèvres mortes, et plusieurs des nôtres, blessés, s'en retournant au fleuve. Ils étaient sales, épuisés et ensanglantés. Ceux qui étaient moins gravement blessés aidaient ou portaient les autres, mais tous nous ont acclamés et nous ont salués, le poing levé. Je me demande si, après tout ça, je vais pouvoir reprendre une vie normale.

DOUZE

— Penses-tu que le morceau de métal dans la valise peut être l'éclat d'obus qui s'était fiché dans le sac à dos de mon grand-père?

— Probablement, a répondu Laia. Il semblait collectionner les objets.

— J'aimerais savoir à quel endroit il se trouvait exactement. Pour ce que nous en savons, il aurait pu passer la nuit dans cette oliveraie juste de l'autre côté de la rue.

Nous avions fini notre repas de saucisses épicées et de pain. Au prix d'un t-shirt mouillé et des éclats de rire de Laia, j'ai finalement appris à me servir d'une *bota*, une gourde semblable à celle que grand-père avait traînée dans son paquetage.

— Au moins, nous mangeons et buvons la même chose que lui.

— Il sera plus facile de nous y retrouver quand nous serons à Corbera d'Ebre et à Gandesa.

Laia a pris la *bota* et, la tenant à une longueur de bras de son visage, a fait gicler un jet d'eau directement dans sa bouche.

— On ne devrait plus être loin de Corbera maintenant, ai-je dit.

— Non, en effet. Nous devrions y être ce soir.

— J'ai réfléchi, et peut-être ne devrions-nous pas aller directement à Corbera, ai-je dit, un peu hésitant.

— Qu'est-ce que tu veux dire?

J'étais content de voir que ma suggestion la rendait perplexe, mais qu'elle n'était pas en colère.

— As-tu regardé la carte sur le panneau d'information?

Elle a opiné de la tête et j'ai rapidement continué.

— Elle indique une petite route qui mène à un endroit appelé La Fra… quelque chose.

— La Fatarella.

Ma prononciation pitoyable l'a fait sourire, ce qui m'a encouragé à poursuivre.

— Je sais que mon espagnol n'est pas très bon, mais il semble y avoir un musée avec des photos de tranchées.

Laia a fouillé dans le cartable où elle conservait toutes les informations tirées du site Internet sur la guerre civile.

— Il y a quelques endroits où les tranchées de la guerre ont été préservées. Et tu as raison, il y a bien un musée dans le village dédié aux Brigades internationales. Nous devrions y aller. Désolée de ne pas l'avoir remarqué.

— Ne t'excuse pas, tu es un guide extraordinaire. Je ne pourrais faire tout cela sans toi.

Laia a souri et ajouté :

— Merci. L'histoire ici est tellement riche que c'est difficile de choisir où aller et quoi visiter. La plupart des touristes qui viennent en Espagne le font pour les plages, le soleil et le vin bon marché. Il leur arrive de visiter une cathédrale, mais c'est tout.

J'ai hoché de la tête en signe d'assentiment tout en repensant à Elsie et à Edna, les deux dames rencontrées dans l'avion. Comment se déroulaient leurs vacances ? Elles étaient probablement très différentes des miennes.

— Seules les vieilles personnes s'intéressent à l'histoire.

— Toi, tu t'y intéresses !

— Je m'y intéresse à cause de Maria. Toi, à cause de ton grand-père.

C'était vrai. L'histoire avait commencé à être importante pour moi quand j'avais entrepris la lecture du journal de grand-père. C'était peut-être ce qu'il voulait.

— D'accord, allons-y ! ai-je dit en me levant et en étirant mon dos courbaturé. C'est loin d'ici, La Fatarella ?

— Est-ce que tu regrettes déjà notre excursion ?

Le sourire de Laia valait tous les inconforts qui, je le savais, seraient de nouveau du trajet.

J'ai râlé à la vue du panneau indiquant qu'il restait encore huit kilomètres avant d'arriver à La Fatarella. J'ai soudainement eu honte de moi. Un dos douloureux et un scooteur inconfortable, ce n'était rien comparé à ce que mon grand-père avait affronté.

Les premiers kilomètres s'avéraient faciles à parcourir. La route était plane et droite, et il n'y avait pas de circulation. J'ai laissé mon esprit vagabonder. Quelque chose me tracassait depuis un moment. Nous nous rendions à Corbera – c'était bel et bien l'endroit que mon grand-père avait désigné –, mais au centre d'interprétation, Laia l'avait appelé par son vrai nom : Corbera d'Ebre. Ça me rappelait quelque chose, mais quoi ?

La route commença bientôt à grimper et le petit moteur de la motocyclette gémissait quand je me suis souvenu d'Aina, rencontrée dans l'autobus de l'aéroport. Son grand-père – non, plutôt le grand-père de son cousin ou quelque chose comme ça – habitait à Corbera d'Ebre. Il avait connu la guerre et avait été sauvé par un soldat de la Brigade internationale. Aina m'avait laissé son adresse. En voulant fouiller dans ma poche, j'ai failli tomber de ma petite moto. Ça devrait attendre notre prochain arrêt.

Je devais me concentrer sur ma conduite. La route devenait plus abrupte et serpentait à travers de grosses masses de rochers blancs. En bordure des incontournables oliveraies et vignobles, il n'y avait que des cabanes en pierre dégrossie. On avait l'impression qu'elles existaient depuis toujours, qu'elles avaient poussé du sol au lieu d'avoir été construites par les fermiers.

Après une série de virages serrés en montagnes russes, nous avons atteint le haut des collines et la route s'est aplanie. Laia a ralenti pour examiner la carte, une prouesse qui m'aurait propulsé dans le ravin. Nous avons continué sur quelques centaines de mètres avant de tourner sur un chemin de terre très cahoteux. Il me fallait déployer un effort de tous les instants pour maîtriser mon engin, projeté d'un nid-de-poule à l'autre. Nous nous sommes finalement arrêtés près d'un amoncellement de pierres. Laia a garé son scooter, en est descendue et a enlevé son casque. J'ai fait de même en lui demandant où nous étions.

— Colline cinq trente-six, a-t-elle répondu en contournant un tas de pierres.

Soudainement, nous nous retrouvions au bord d'un précipice découpé dans la colline. D'un côté, une grotte avait été taillée dans le roc dont l'entrée était entourée de piles de sacs de sable. Laia est descendue et je l'ai suivie.

— Qu'est-ce que c'est ? ai-je demandé en pénétrant dans la caverne froide et humide.

— C'est une partie des tranchées creusées par les soldats républicains durant la bataille.

— Est-ce que mon grand-père aurait pu se trouver ici ?

Laia a réfléchi un moment avant de répondre :

— Probablement pas. Je pense que ces tranchées ont été creusées en novembre 1938, après le rapatriement des Brigades internationales.

— Ils ont été rapatriés?

Déjà, Laia se hissait hors du trou et grimpait la colline. Puis elle a disparu.

— Attends! ai-je crié en me lançant pour la rejoindre, si précipitamment que j'ai glissé et me suis éraflé le bras.

Laia se tenait dans une autre tranchée taillée dans la pierre. C'était la scène que j'avais vue sur la photographie au centre d'interprétation. La fortification, qui faisait au moins un mètre et demi de profondeur, s'étendait en une ligne irrégulière le long de l'arête de la colline. Des pierres installées sur les rebords en augmentaient la profondeur.

— *Una fosa,* a dit Laia. Une tranchée.

Je l'ai rejointe. Debout, je pouvais voir par-delà les pierres la vallée qui s'élargissait au bas de la colline. J'ai essayé de me mettre dans la peau d'un soldat se tenant à cet endroit pendant que l'ennemi chargeait. Je n'ai pas réussi.

— Cette tranchée date vraiment de la guerre?

— Oui, a répondu Laia. Des gens l'entretiennent, mais elle est vraiment d'époque.

J'ai marché le long de la tranchée en l'imaginant pleine de soldats, dont grand-père, Bob et les autres.

— Pourquoi est-ce que les Brigades internationales ont été rapatriées? ai-je demandé à ma guide lorsque nous sommes revenus à nos mobylettes.

— Le gouvernement pensait que s'il rapatriait les étrangers qui se battaient pour la République, alors l'Angleterre et la France feraient pression pour que l'Allemagne et l'Italie retirent leurs troupes, leurs avions et leurs chars d'assaut. Naturellement, l'opération n'a pas fonctionné. De toute façon, je ne pense pas que cela aurait changé quoi que ce soit. Déjà, la majorité des brigadiers avaient été tués ou blessés. Ton grand-père dit dans son journal qu'avant de traverser l'Ebre, la plupart des hommes du Mac-Paps étaient de jeunes conscrits espagnols.

J'ai acquiescé.

— Le 29 octobre 1938, il y a eu un défilé à Barcelone. Maria y était. Elle m'a dit que les rues étaient couvertes de fleurs et que les gens pleuraient. La Pasionaria, une politicienne communiste, a livré aux Brigadiers un discours historique.

Laia a fermé les yeux pour mieux se concentrer.

— «Vous pouvez partir la tête haute. Vous êtes l'histoire, la légende. Nous ne vous oublierons pas, et quand l'olivier de la paix se couvrira à nouveau de feuilles mêlées aux lauriers victorieux de la République espagnole, revenez!… Longue vie aux Brigades internationales.»

Elle a rouvert les yeux et souriait.

— Maria connaissait le discours par cœur. Même après plus de six décennies, elle ne pouvait le répéter sans avoir les larmes aux yeux.

Laia a fait une pause et a continué en regardant sa montre :

— Nous devrions partir si nous voulons avoir le temps de visiter le musée de La Fatarella avant sa fermeture.

J'ai approuvé de la tête et j'ai enfourché mon scooteur tout en tentant d'oublier mes muscles endoloris.

En descendant la route vers La Fatarella, la ville m'est apparue comme un endroit agréable. Nichée dans un tournant de la route, elle était entourée de fermes prospères et d'oliveraies en rangs bien ordonnés dont les maisons présentaient des toits de tuiles rouges. Nous avons déambulé le long de voies étroites, dont certaines étaient recouvertes d'arches de pierres et de poutres en bois. C'était assez étrange. Grâce à Laia qui demandait son chemin aux passants, nous avons pu trouver une pension à quelques rues de l'église, au centre du village. C'était encore plus petit que notre chambre à Flix, mais c'était économique et il n'y avait pas de propriétaire émotive. Nous avons déposé nos sacs à dos et sommes partis à pied vers le musée des Brigades internationales, situé à la limite de la ville.

Le musée n'était pas grand, mais contenait une foule d'informations. Des douzaines de drapeaux étaient suspendus sur un côté de la pièce et les murs étaient couverts de photographies de ces soldats venus de partout dans le monde et qui avait afflué vers l'Espagne pour se battre.

Laia traduisait l'information sur les affiches. Sur les quarante mille étrangers volontaires des Brigades internationales, la France en comptait le quart, soit le plus grand contingent. Les statistiques confirmaient que près de mille six cents Canadiens s'étaient battus en Espagne et que la moitié d'entre eux y étaient morts.

Nous sommes restés plus de deux heures à nous promener dans le musée, contemplant les photographies de soldats exténués et d'engins rouillés. J'ai essayé d'y repérer grand-père, mais c'était difficile. Je me souvenais de lui alors qu'il était plus vieux et vivant. Grâce à ce voyage, j'apprenais à le connaître à travers ses écrits. Même si les photos restaient froides et impersonnelles, j'étais persuadé que les hommes qu'on y voyait étaient aussi passionnés que grand-père. Mais je n'en connaissais aucun.

En sortant dans la lumière du soleil de fin d'après-midi, je me suis souvenu d'un truc dont il faillait que je discute avec Laia.

— J'ai rencontré une fille dans l'autobus de l'aéroport et elle m'a donné l'adresse de quelqu'un qui habite à Corbera. Elle dit que c'est le grand-père de l'un de ses cousins. Lorsqu'il était jeune, il a été secouru par les Brigades internationales.

J'ai fouillé dans le fond de ma poche pour en sortir le bout de papier qu'Aina m'avait remis et je l'ai tendu à Laia.

— Pablo Aranda, Avinguda Catalunya, 21, 43784, Corbera d'Ebre, a-t-elle lu tranquillement. Nous le chercherons à Corbera. Peut-être a-t-il une histoire à nous raconter ? Pour l'instant, tu as l'air fatigué. Tu n'as pas l'habitude de nos scooters, je crois.

— Pas vraiment.

Elle riait.

— Alors trouvons un endroit confortable pour poursuivre la lecture du journal. Ensuite, nous mangerons.

— C'est parfait. Mais avant, je dois télé-phoner à la maison afin de rassurer ma mère. C'est une bonne heure pour la joindre.

Laia s'est éloignée pendant que je prenais mon cellulaire. J'avais quelques messages textes de DJ.

Je monte mais c'est dur.

Je n'aurais jamais cru pouvoir être aussi fatigué.

J'espère réussir.

Ça ne ressemblait pas à DJ. J'étais inquiet. J'ai répondu :

Vas-y, fonce!

J'aurais voulu en dire plus, mais l'incerti-tude de DJ me laissait perplexe.

L'appel à ma mère s'est bien déroulé. Je lui ai dit que j'allais bien et, sans entrer dans les dé-tails, que j'avais beaucoup appris sur grand-père. Elle m'a donné des nouvelles de ce qui se passait à la maison, mais il n'y avait rien d'aussi important que ce que je vivais.

Je me sentais un peu bizarre en raccrochant. La vie à Toronto avait l'air monotone comparée à ce que grand-père avait vécu, et à ce que je vivais en ce moment.

— Ta mère va bien ? a demandé Laia.

— Très bien.

— Alors lisons le prochain chapitre.

Je suis assis sur une colline, à l'extérieur de Corbera, et je regarde la ville se faire pilonner par des vagues et des vagues de bombardiers. La plupart volent à haute altitude – 3 000 pieds selon Hugh. J'apprends à reconnaître les Heinkel, avec leurs ailes élégantes, et les affreux trimoteurs Savoia.

Le bruit est terrifiant. Des bombes explosent sans relâche. C'est comme un grondement de tonnerre, mais en plus puissant. Entre les explosions, nous voyons les édifices qui s'effondrent. Et même si nous sommes de l'autre côté de la vallée, nous entendons les cris des blessés et de ceux qui sont pris au piège dans les décombres. Le sommet de la colline est presque invisible, caché par un tourbillon de nuages de fumée et de poussière. Tous les habitants qui le peuvent fuient vers les oliveraies environnantes ; nous parvenons à apercevoir leurs silhouettes. Des bombes ont frappé le barrage et un mur d'eau a déferlé sur la rue. J'espère qu'il n'y avait personne sur le chemin.

Les Polonais du bataillon Dabrowski ont assiégé la ville ce matin, mais ils ont dû battre en retraite à cause des bombardements. Les Catalans que nous suivons depuis deux jours sont presque rendus à Gandesa, soit cinq kilomètres plus loin, et nous devrons les remplacer demain en vue de l'attaque. Tout va bien et nous avons gagné beaucoup de terrain, même si plusieurs unités ont énormément souffert et que la résistance semble se consolider. Mini croit que lorsque nous aurons pris Gandesa, les fascistes auront de la difficulté à faire avancer leurs troupes et leur arsenal, car l'endroit demeure un point stratégique. J'aimerais que nos chars se dépêchent d'arriver. Au moins, notre force aérienne s'est montrée.

Ce matin, nous avons été attaqués par un avion de chasse allemand. Selon Hugh, qui semble tout savoir sur l'attirail ennemi, il s'agit d'un Messerschmitt 109, l'un des avions de chasse les plus puissants au monde, et qui dépasse largement tout ce que possède l'Angleterre ou la France. Il est arrivé, volant à basse altitude au-dessus des collines, alors que nous marchions, dispersés en terrain découvert. Avant même de percevoir l'avion, nous avons vu les balles qui se sont mises à pleuvoir en soulevant des nuages de poussière autour de nous. C'était un engin gris pâle, avec la croix noire fasciste sur la queue. Il a fait trois vols au-dessus de nous, mais personne n'a été blessé. L'avion s'apprêtait à passer une quatrième fois quand trois de nos Chatos sont arrivés par le nord et ont engagé le combat. Nous avons tous bondi sur nos pieds en les acclamant férocement, pendant que les appareils au-dessus de nous tournaient frénétiquement.

Le Messerschmitt était plus rapide, mais les Chatos prenaient les virages plus serré et l'un d'eux a dû avoir de la chance en tirant, car l'avion fasciste est reparti vers le fleuve en laissant une longue traînée de fumée noire derrière lui. Les Chatos ne l'ont pas suivi, mais ils ont fait bouger leurs ailes pour nous saluer quand ils sont passés au-dessus de notre position. *Nous avons poussé des cris de joie jusqu'à en perdre la voix. Maintenant, tout ce qu'il nous manque, ce sont les chars d'assaut. Ensuite, plus rien ne pourra nous arrêter.*

---

26 JUILLET, EN SOIRÉE

Nous sommes arrivés à Corbera, ou plutôt ce qu'il en reste. La ville est construite autour d'une église juchée sur une colline, mais tout ce qu'on voit ce sont les décombres fumants des bâtiments et les rues jonchées de débris. Il y a des rideaux déchirés, des meubles et de la literie carbonisés. Des brasiers brûlent encore sur certaines avenues. Il y a des corps sous les murs effondrés, mais la plupart des blessés ont été transportés à un poste de secours installé dans ce qui reste du vignoble. Ceux qui ont échappé aux bombardements demeureront dans les oliveraies, au cas où les bombardiers reviennent.

Notre troupe a été la première à arriver sur les lieux après le bombardement. Nous avons travaillé sans relâche pour chercher et secourir ceux qui étaient prisonniers des décombres. La plupart de gens que nous avons trouvés étaient morts ou mourants. Toutefois, nous avons vécu un moment de joie.

Devant une maison en ruines, Bob nous a arrêtés et nous a ordonné de nous taire. Nous entendions très faiblement les pleurs d'un enfant. En suivant le son et en avançant lentement et avec précaution, nous avons trouvé d'où il provenait. Quand la maison s'était effondrée, l'une des poutres qui soutenaient le toit était tombée, créant un petit abri dans le coin d'une chambre. Un garçon d'environ six ou sept ans était recroquevillé dans cet abri. Il avait des éraflures et était terrifié, mais il ne souffrait d'aucune blessure grave. Mini, dans une incroyable démonstration de force, a soulevé la poutre suffisamment haut pour que Bob puisse sortir l'enfant.

Nous étions convaincus que sa famille avait été tuée dans la maison et nous l'emmenions vers l'infirmerie quand il s'est soudainement libéré de l'emprise de Bob pour courir de l'autre côté de la rue en lançant «Mama!» d'une voix suraiguë. Une femme assise sur une montagne de décombres a levé les yeux au ciel en criant. C'était la mère du petit : elle avait cru que son fils était mort. Ça nous a fait du bien de sauver une vie et de réunir une famille au milieu de tous ces morts et de toute cette destruction.

Le pire, c'est la façon dont tout demeure impersonnel. Je m'attendais à me battre contre d'autres gens, mais ici, nous nous battons contre une grosse machine sans cœur. Des avions lâchent des bombes, mais nous ne voyons pas les pilotes. Nous ne voyons pas même l'artillerie qui, derrière les collines les plus éloignées, nous lance des obus. Comment pouvons-nous nous dresser contre ça ? Je veux voir l'ennemi.

Mais est-ce que je le veux vraiment? Nous attaquerons Gandesa demain ou après-demain, avec ou sans les chars. Allons-nous réussir? Vais-je survivre? Perdrai-je des amis?

Je suis encore passionné par la cause pour laquelle je suis venu me battre. Mais il y a une différence entre cet objectif grandiose et admirable et la façon dont on doit l'atteindre, puisqu'elle implique des souffrances et des douleurs incroyables. Est-ce que tout ça en vaut la peine? Mon instinct me le confirme. Bien sûr que ça en vaut la peine. Le fascisme doit être vaincu. Mais comment aurions-nous pu justifier notre combat auprès de cette mère si Bob n'avait pas entendu son enfant pleurer et s'il était mort dans la maison en ruines? Je l'ignore.

D'un coup, tout a l'air sinistre et compliqué. Je suis fatigué. Je dois essayer de dormir un peu.

TREIZE

Le hurlement des bombes qui tombaient, le fracas des explosions d'obus, le vrombissement des avions, le rugissement des chars d'assaut, les hommes qui criaient : les sensations étaient accablantes. Tout ce qui manquait, c'était le danger.

Laia et moi étions debout, les yeux fermés, et écoutions la présentation du centre d'interprétation des 115 Jours à Corbera, en essayant d'imaginer ce que ces bruits avaient dû représenter pour grand-père.

Ce matin-là, je m'étais réveillé endolori et éreinté, et le trajet en scooteur entre La Fatarella et Corbera n'avait fait qu'amplifier mes douleurs. Mais arrivé ici, à Corbera, j'ai eu un regain d'énergie. Entendre les bruits et les sons tel que grand-père les avait ressentis, voilà ce qui se rapprochait le plus de ce qu'il décrivait dans son journal.

La vieille ville, qu'il a vue se faire bombarder et réduire en miettes, a été conservée telle qu'elle était lors de son passage. Les débris ont été enlevés et l'herbe a envahi les rues et les ruelles, mais l'église, avec ses murs grêlés par les impacts d'obus et de balles, se tenait encore debout, entourée de maisons en ruine et de leurs austères murs en pierres. Des poutres noircies par le feu, peut-être même celle que Mini avait soulevée, surgissaient des murs effondrés. Curieusement, dans l'une des maisons, une vieille machine à coudre rouillée se tenait sur un amas de pierres.

Laia et moi étions les seuls visiteurs et nous avons pu faire le tour en silence, essayant d'imaginer l'horreur et le chaos représentés par ces maisons détruites. Je me suis mis à fouiller des yeux chaque ruine en me demandant si c'était celle sous laquelle le garçon rescapé par Bob avait été piégé. Je n'arrivais pas à m'enlever de la tête ce que grand-père avait dit. Comme lui, j'étais convaincu que la cause pour laquelle il se battait était juste. Pourtant, une cause, même juste, valait-elle toutes ces souffrances? Valait-elle la vie de ce jeune garçon? Je me demandais si grand-père avait trouvé les réponses à ces questions. Moi, je n'avais certainement pas fini de m'interroger.

Nous étions au centre d'interprétation 115 Jours (nommé ainsi pour représenter la durée de la bataille de l'Ebre), situé dans la nouvelle ville reconstruite au bas de la colline. Nous écoutions les sons de toute cette horreur.

— C'est difficile d'imaginer ce que ton grand-père et tous les soldats ont vécu, a dit Laia alors que nous déambulions parmi des étalages de vieux uniformes, de casques, d'obus, de bombes et de fusils. Maria m'a parlé des combats dans les rues de Barcelone. Je comprenais ce qu'elle me disait, mais je ne l'avais jamais ressenti comme ici, dans les ruines ou dans les tranchées à l'extérieur de La Fatarella. Même ainsi, je ne peux m'imaginer toute cette horreur. Pourquoi les gens se soumettent-ils à la guerre?

— Pour grand-père, ai-je répondu lentement en pesant chacun de mes mots, et probablement pour Bob et les autres, c'était pour défendre une cause à laquelle ils croyaient. Je pense qu'ils essayaient de construire un monde meilleur.

— Oui, a dit Laia pendant que nous observions une boîte remplie de bombes à l'aspect diabolique et de roquettes. Mais ton grand-père avait des doutes sur le bien-fondé de la guerre qu'a entraînée cette cause.

— Je sais. Cependant, nous savons aujourd'hui des choses qu'il ignorait à l'époque. Si mon grand-père et les autres soldats avaient gagné la bataille en Espagne, et que le Canada et les autres pays démocratiques avaient réagi et vaincu les fascistes en 1936, peut-être qu'il n'y aurait pas eu de Deuxième Guerre mondiale. Ni Hiroshima, ni l'Holocauste : des millions de vies auraient été sauvées. J'ai toujours pensé que l'histoire était simple, mais c'est faux. Elle est complexe.

— Effectivement. Il y a de quoi sombrer dans la folie à tenter de trouver des réponses. Personne n'a réussi à le faire durant des milliers d'années d'histoire ; je doute que nous y arrivions. Tout ce que nous pouvons faire, c'est lire le journal de ton grand-père et voir où il nous conduira.

En silence, nous avons poursuivi la visite. Nous sommes sortis du centre vers la fin de l'après-midi et je n'avais pas envie de me rendre à l'adresse que m'avait donnée Aina. Puisque nous n'avions pas mangé, nous nous sommes plutôt dirigés vers un restaurant, puis nous sommes retournés à notre auberge afin de poursuivre la lecture du journal. J'avais de plus en plus l'impression que l'histoire de mon grand-père culminerait vers une crise, et j'avais hâte d'en connaître les détails.

Après une matinée épuisante à marcher sur ces collines qui dominent Gandesa, nous avons fait une brève halte, puis nous avons mis deux heures à creuser une tranchée profonde dans la terre rocheuse. Nous avons empilé des pierres sur les bords du fossé (il n'était pas assez profond pour être qualifié de tranchée), ce qui améliore un peu notre protection. Mini doit malgré tout avancer à quatre pattes, même si nous ne subissons pas les tirs ennemis. Dans le ciel, il y a un flot régulier d'avions. Mais ils sont loin et ils ne s'occupent pas de nous. Quelques rares obus explosent sur la colline, mais ils ne visent pas de cibles et font peu de dégâts. Nous ne resterons pas longtemps ici. Il paraît que les chars ont traversé le fleuve et qu'ils doivent arriver demain matin, à temps pour soutenir notre attaque sur Gandesa.

D'où je suis, je peux voir les limites de la ville. Sur la colline, notre artillerie fait feu et nos obus soulèvent des nuages de poussière et de fumée en explosant. Tout a l'air inoffensif à cette distance, mais j'espère que ces tirs font des dommages.

Devant Gandesa, la plaine est large et plane, et, selon Hugh, c'est un terrain idéal pour les chars. Je le souhaite.

Le plan de la XVe Brigade est de profiter de la nuit pour pénétrer dans la vallée. Nous devons attaquer à l'aube, nos troupes déferlant dans les rues avant que la défense n'ait le temps de s'organiser. D'autres unités vont attaquer d'autres quartiers de la ville. Avec l'aide des chars et, espérons-le, des avions, nous allons gagner. C'est l'attente qui est le plus difficile à supporter.

27 JUILLET, EN APRÈS-MIDI

L'un des Américains est mort et un autre est blessé. Nous nous reposions à l'ombre de tout ce qui pouvait nous abriter lorsque Hugh a crié: «Des bombardiers en piqué!»

Il a plongé dans la fosse et je l'ai suivi sans vraiment comprendre ce qui se passait. Les autres couraient un peu partout, mais les trois Américains se sont mis debout et ont regardé le ciel en plaçant leurs mains en visière. Moi aussi, j'ai jeté un œil. Au début, je n'ai remarqué aucune différence avec la scène du matin – des colonnes d'avions qui convergeaient vers le fleuve –, puis j'ai noté que certains appareils étaient singuliers. Ils étaient plus petits que les Heinkel et les Savoia, ils volaient à plus basse altitude et leurs ailes étaient drôlement recourbées.

Il y en avait cinq et ils étaient presque directement au-dessus de nous lorsque l'avion de tête a quitté la formation pour plonger. Les autres ont suivi. Hugh avait raison lorsqu'il avait dit plus tôt qu'on avait l'impression qu'ils nous visaient. Ils

avaient l'air de diaboliques oiseaux
ailes recourbées et leur train d'atter
piquaient vers nous et le hurlement st
moteur produisait un bruit surnaturel.

Ces engins étaient d'une horreur fa
regardais l'un des avions descendre tout dro
en me demandant s'il s'agissait d'une attaque
Mais, à la dernière minute, l'avion s'est redre
petit objet noir est sorti de son ventre en zigzag
Je savais ce que c'était. Je me suis jeté sur le côté
ramené mes genoux contre ma poitrine et j'ai pro
ma tête avec mes bras.

Les Américains, aussi fascinés que moi par le
avions, se tenaient debout en terrain découvert à côté
d'un vieil olivier. J'ai voulu leur crier de se coucher,
mais le bruit de l'avion enterrait tout.

La bombe a atterri à moins de deux mètres
des hommes. Celui qui était le plus près du point
d'impact a été soulevé comme une poupée de chiffon
et propulsé dans les branches de l'olivier. Le deuxième
a été violemment projeté au sol et retourné comme
une crêpe. Le troisième, Carl le chauffeur de taxi, est
resté debout, protégé de l'explosion par le tronc de
l'arbre.

En quelques secondes, tout était terminé.
D'autres bombes ont explosé sur le flanc de la colline et
dès que les bruits de moteur ont cessé, j'ai entendu des
cris sur ma gauche. J'ai été le premier à me diriger vers

hommes blessés ; je n'ai pas réfléchi au fait que les ... ons pouvaient revenir pour une deuxième attaque.

Le corps du soldat accroché à l'arbre était plié ... lon un angle impossible ; il était manifestement mort. ... on compagnon au sol n'avait pas l'air si mal en point, ... nais il gémissait de douleur en se tenant le ventre. Quant à Carl, il était debout, immobile, le regard vide. Je me suis penché sur le blessé et j'ai demandé à Carl de m'aider. Il n'a pas bougé. Mini est arrivé et a pris les commandes. Il a soulevé les mains du blessé et une tache de sang s'est rapidement répandue.

— Une blessure au ventre, a-t-il dit. Ne le touche pas. Hugh, apporte une civière.

Hugh a disparu derrière les arbres. Mini s'est approché de Carl.

— Ça va aller, ai-je dit à l'Américain, étendu au sol, qui éprouvait de la difficulté à garder son regard sur moi.

— J'ai froid, a-t-il gémi.

Je suis allé chercher une couverture pour l'envelopper. Il n'a pas eu l'air de s'en rendre compte.

Hugh est revenu avec deux Espagnols et un brancard. Nous avons soulevé le blessé aussi délicatement que possible pour le hisser sur la civière, puis il a été transporté à l'infirmerie. Mini s'est approché de l'autre blessé et Hugh l'a regardé en secouant la tête. Mini a acquiescé.

— Descendez-moi ce corps de l'arbre, a-t-il ordonné.

Je me suis levé, mais déjà Marcel et Christopher s'en occupaient. J'ai regardé Carl. Il se tenait exactement dans la même position et il avait toujours ce regard vide.

— Est-ce que ça va? ai-je demandé en m'approchant de lui.

Aucune réponse. J'ai tiré sur sa manche et il a lentement tourné la tête. Il a avalé sa salive et a cligné des yeux plusieurs fois.

— Qu'est-il arrivé?

— Nous avons été bombardés, ai-je répondu alors qu'il hochait la tête comme si tout s'expliquait.

Mini est revenu et, de son bras puissant, il a entouré les épaules de Carl.

— C'est le choc, a expliqué Mini. Après un peu de repos, ça ira.

Il a conduit Carl à l'écart et je suis retourné dans la fosse en me demandant comment cet Américain pourrait se reposer au milieu de la bataille. Nous n'étions pas nombreux et nous avions déjà perdu trois hommes; quatre, si Carl ne se rétablissait pas. Il resterait Mini, Hugh, Marcel, Christopher, Bob et moi.

Bob! Où était-il? Je me suis redressé, et c'est avec soulagement que je l'ai vu arriver, les bras chargés de branches.

— J'ai pensé que ce serait une bonne idée de faire un feu, a-t-il dit. Prépare du thé et fais chauffer du ragoût de saucisses. On ne peut pas aller au combat l'estomac vide.

— Tu n'as pas vu ce qui vient d'arriver?

— Je sais qu'il y a eu une attaque aérienne. J'ai entendu les explosions. Un homme un peu plus loin m'a dit que c'était des Stuka. Pourquoi?

— L'une des bombes a atterri ici, juste à côté des Américains. L'un a été tué, l'autre est grièvement blessé et Carl n'a rien, mais il est en état de choc.

La bonne humeur de Bob s'est volatilisée.

— Merde! Notre bonne étoile vient de foutre le camp. Un mort et deux blessés avant même d'avoir engagé le combat.

Nous sommes restés silencieux, perdus dans nos pensées. Je n'arrivais pas à oublier l'image de Carl avec son regard vide, ni celle de l'Américain blessé par un morceau d'obus dans le ventre, gémissant et tremblant de froid. Est-ce là ce qui nous attend tous?

Je ne pourrais pas survivre à beaucoup d'après-midi comme celui d'aujourd'hui: d'abord, il y a eu le bombardement, et maintenant je crois que j'ai tué un homme.

J'étais accroupi au fond de la pitoyable tranchée que nous avons creusée ce matin quand j'ai vu du mouvement sur la colline, de l'autre côté de la vallée. C'était un homme – un soldat fasciste – vêtu d'un uniforme autrement plus soigné que les haillons que portent la plupart d'entre nous. Je l'ai observé un long moment pendant qu'il rampait de rocher en rocher sur la colline déserte.

Je ne comprenais pas pourquoi il traversait cet endroit à découvert. D'aussi loin que je pouvais voir, il n'y avait pas de tranchée fasciste. Peut-être était-il perdu ou avait-il été séparé de son unité lors du repli des troupes sur Gandesa hier. Il semblait être seul. Je l'ai suivi dans le viseur de mon fusil, me demandant ce que je devais faire. Il se dirigeait vers un ravin étroit. S'il y arrivait, il pourrait se cacher et descendre la vallée jusqu'à Gandesa. Et demain, quand nous attaquerions, ce pourrait être lui qui braquerait son fusil sur moi.

J'ai pris ma décision et j'ai parié sur l'endroit où il allait ressortir. Quand il est réapparu, je me suis souvenu des leçons de Mini: j'ai visé un peu en avant de la silhouette qui courait et j'ai appuyé sur la détente. L'homme a titubé. Il a laissé tomber son fusil et s'est laissé choir derrière un gros rocher. J'ai attendu une éternité, mais il n'a pas essayé de récupérer son arme ni de poursuivre sa route.

Est-ce que je l'ai tué ou est-il resté à l'abri après que j'ai fait feu ? Je ne le sais pas, mais c'est la première fois que j'essaie, de façon délibérée, de tuer quelqu'un que je peux voir très clairement. C'est une sensation étrange. Ce n'était pas un pilote invisible de bombardier ou un artilleur dissimulé à la vue. C'était un être humain.

Bob dit que j'ai fait ce qu'il fallait. Il dit que l'on est venu ici pour tuer les hommes qui essayent de détruire ce qu'il y a de bon en Espagne. Il prétend que tout ce que l'on fait ici est un coup direct porté aux partisans fascistes d'Adrien Arcand[9] et à leurs manifestations dans les rues de Montréal, alors qu'ils fracassent les vitrines des magasins et ruent de coups tous les Juifs qu'ils peuvent trouver. Je sais que Bob a raison. Je sais aussi que l'homme sur la colline m'aurait tué s'il avait pu. Mais je sais aussi ce qu'une balle peut faire à la chair et aux os, et je ne peux m'empêcher de me demander si l'homme que j'ai possiblement tué avait une mère qui le pleurera, ou s'il laissera des orphelins.

---

9. Adrien Arcand était un journaliste et un homme politique canadien de tendance nazie et antisémite.

Hier, j'ai aidé à sauver une vie, et aujourd'hui je viens peut-être d'en prendre une. Je ne voulais rien de tout ça en venant ici. Mais qu'est-ce que j'espérais? J'étais un gamin stupide sans aucune idée de ce qui l'attendait. Ai-je vraiment cru que la guerre se faisait sans qu'une goutte de sang ne soit versée et sans qu'il y ait mort d'homme, comme dans les histoires d'aventures que je lisais quand j'étais jeune? Est-ce que je m'imaginais vraiment qu'un homme ne hurle pas lorsqu'un morceau d'obus lui déchire le ventre? Je ne sais pas si je pourrai descendre vers Gandesa demain.

Je dois essayer de chasser ces pensées. J'ai besoin de dormir. Mais je n'y arriverai pas; j'entends le bourdonnement des bombardiers qui reviennent.

QUATORZE

Ce matin, je me suis réveillé complètement vidé. Loin d'être reposante, ma nuit a été remplie de rêves de combats et de morts. Laia et moi prenons un café et une pâtisserie. Elle m'a avoué ne pas avoir très bien dormi elle non plus.

— Il ne reste plus beaucoup de pages à lire et je ne crois pas que la suite soit très joyeuse, a-t-elle dit, exprimant mes propres appréhensions.

— Ça ne sera peut-être pas aussi difficile que nous le craignons, ai-je ajouté sans trop de conviction. Peut-être que les chars d'assaut vont arriver et que les brigadiers prendront la ville ?

Laia m'a longuement regardé sans dire un mot.

— Ils ont échoué, n'est-ce pas ?

— Gandesa n'a jamais été prise, a-t-elle répondu.

Nous sommes restés silencieux. La situation me semblait tellement étrange. J'avais vécu au rythme du journal. J'étais avec grand-père quand il luttait pour sa vie et quand il perdait ses amis au combat. J'ai ressenti son bouleversement quand il a tiré sur l'homme de la colline. Tout semblait tellement vrai, et tout allait horriblement mal se passer. J'aurais voulu lui lancer un cri d'alarme : à lui, ainsi qu'à Bob, Mini, Hugh, Marcel, Christopher et Carl.

« Ne faites pas ça !

Ça ne marchera pas.

N'allez pas à l'attaque demain. »

Naturellement, c'était du délire. Ce que je lisais s'était produit plus de soixante-dix ans auparavant. Je ne pouvais pas en changer le dénouement.

— Allons à l'adresse qu'Aina t'a donnée dans l'autobus, a repris Laia. Quel était le nom de l'homme ?

J'ai sorti le bout de papier.

— Pablo Aranda. Mais il n'a rien à voir avec l'histoire de mon grand-père.

— Probablement pas. Toutefois, Aina a mentionné qu'il avait été rescapé par un brigadier de l'international. Et si ce Pablo était le garçon que Bob et Mini ont sauvé de la maison en ruine ? C'est un petit village. Combien de jeunes garçons ont été arrachés d'une maison bombardée ?

— J'y ai pensé. Ce serait vraiment une incroyable coïncidence. Nous savons que Pablo Aranda habite ici aujourd'hui, mais Aina n'a jamais dit que c'est ici qu'il a été sauvé, ni même que ce sauvetage s'est produit en 1938. Il a dû y avoir plusieurs événements comme celui-ci pendant la guerre.

— C'est vrai, a reconnu Laia, mais on ne sait jamais. De toute façon, nous sommes là. Nous n'avons rien à perdre.

— D'accord, ai-je répondu.

Au moins, cette visite me donnait une raison de remettre à plus tard la lecture des dernières pages du journal, moment que j'espérais autant que je l'appréhendais.

Il ne nous a fallu que quelques minutes pour trouver le 21, Avinguda Catalunya. L'adresse correspondait à une porte couverte de peinture rouge écaillée, et était située à côté d'une *farmacia*.

Laia a sonné. Nous avons attendu un long moment, puis, alors que nous nous apprêtions à repartir, j'ai entendu des bruits de pas qui descendaient lentement les escaliers. La porte s'est ouverte avec un grincement et un vieil homme appuyé sur une canne est apparu.

— Pablo Aranda? a demandé Laia.

L'homme a froncé les sourcils en hochant la tête. Laia nous a présentés en expliquant que son nom et son adresse nous avaient été fournis par Aina et que nous souhaitions discuter avec lui de la guerre.

— *No hablo de la guerra*, a grogné le vieil homme en s'apprêtant à refermer la porte.

— Vous ne voulez pas parler de la guerre, a répondu Laia, mais mon ami Esteban est venu d'aussi loin que le Canada pour en entendre parler.

Le vieil homme s'est arrêté et m'a fixé. Malgré son âge, il se tenait droit et la tête haute. La peau de son visage était plissée et marquée par le climat. Son nez ressemblait à un bec de corbeau, mais ses yeux, qui nous observaient durement, étaient clairs.

— Vous venez du Canada? m'a-t-il demandé en français avec un accent prononcé.

— C'est exact, ai-je répondu.

L'homme continuait à me dévisager. Avant que j'aie pu trouver autre chose à dire, Laia a pris la parole.

— Vous avez été rescapé par un Canadien durant la guerre.

Le vieil homme et moi avons regardé Laia pendant qu'elle poursuivait :

— Nous savons qu'un Canadien a sauvé un jeune garçon d'une maison en ruine, ici, pendant la bataille de 1938. C'était vous, n'est-ce pas ?

Le vieil homme a observé Laia un long moment avant de se tourner vers moi.

— *Pasen*. Suivez-moi.

On aurait dit un ordre militaire. L'homme a fait demi-tour et a monté lentement la longue série de marches. Laia a accroché mon regard et m'a fait un gros clin d'œil.

La pièce dans laquelle Pablo Aranda nous a conduits était sommairement meublée, mais des photographies en noir et blanc couvraient les murs. Il y avait des photos de famille, d'autres de gens d'affaires portant costume et cravate, et plusieurs étaient des photos de soldats.

Je n'ai pas eu le temps de bien les regarder. Sur la table, il y avait une tasse à café vide et une pâtisserie à moitié entamée. Aranda ne nous a rien offert, se contentant de marmonner en nous indiquant un fauteuil usé.

Nous nous sommes assis et il a pris place sur une chaise en face de nous. Il nous fixait d'un regard de marbre.

— Lorsque vous étiez enfant, vous avez été rescapé par un Canadien? a répété Laia d'un ton encourageant.

— *Sí*, a-t-il répondu.

— Ici, à Corbera d'Ebre? a poursuivi Laia devant le peu de loquacité d'Aranda.

Note hôte est resté silencieux pendant un long instant. Il semblait perdu dans ses pensées, et nous avons attendu. Finalement, il a soupiré et a commencé à parler. Il parlait un français hésitant et utilisait des expressions espagnoles lorsqu'il n'arrivait pas à trouver le bon mot. Nous écoutions patiemment et, avec l'aide de Laia, son histoire a pris forme.

— Oui, je l'ai été, a-t-il dit en levant sa main pour montrer ses doigts. *Cinco años* quand les *aviones* – les avions – sont arrivés. *Los Comunistas* étaient dans Corbera, et *mi madre*, ma mère, et moi nous sommes cachés dans notre maison.

Aranda a jeté un coup d'œil à une photographie sur le mur derrière nous avant de continuer.

— *Mi padre* était parti à la guerre.

Laia s'est retournée pour regarder la photo. Je l'ai sentie se crisper, mais elle n'a rien dit.

— *Estalló la primera bomba*, a-t-il dit en se concentrant de toutes ses forces.

— La première bombe a explosé, a dit Laia.

— *Sí*, a-t-il approuvé. La première bombe a explosé dehors, a-t-il ajouté en regardant vers la fenêtre. Ma mère, elle était dans la cuisine. J'étais dans mon lit. Je me suis caché, a dit Aranda en faisant un geste de glissade avec sa main.

— Sous le lit ? ai-je suggéré.

— *Sí*, a-t-il dit. J'ai survécu parce que je me suis caché. *La segunda*, la deuxième bombe, a explosé dans la cuisine. Ma mère a volé par la fenêtre. Elle s'est réveillée dans la *calle*, la rue. Je n'entendais que le bruit, *muy ruidoso*.

— Très fort, a traduit Laia.

— Après, j'étais étendu dans le noir. Il y avait quelque chose de lourd sur mes jambes. Mes *oídos*, a-t-il dit en touchant le côté de sa tête et en regardant Laia.

— Oreilles, a-t-elle dit.

— *Sí*, oreilles. Comme le grondement de la mer. J'étais mort, je le pensais. Beaucoup de temps a passé. *Grité*…

— Vous avez hurlé.

— Oui, hurlé. Et soudain, un géant soulevait la lourdeur.

— Mini! me suis-je exclamé.

Aranda m'a regardé et a continué.

— Un soldat m'a tiré et m'a porté dehors. Il a dit, *Soy Canadiense*, plusieurs, plusieurs fois. J'ai vu ma mère.

Aranda semblait avoir terminé son histoire. Il s'est adossé sur sa chaise et nous regardait.

— Il est certainement le garçon que Mini et Bob ont sauvé, ai-je dit à Laia.

— On dirait bien, m'a-t-elle répondu doucement.

J'étais perplexe. Contrairement à moi, Laia ne semblait pas excitée par notre découverte. Elle s'est tournée vers Aranda et s'est mise à lui parler rapidement en espagnol. J'ai compris les noms Mini et Bob, et j'ai présumé qu'elle lui racontait notre version de l'histoire. Aranda la regardait, sans aucune expression, et me lançait de temps en temps un regard. Laia a terminé avec une question et Aranda a hoché la tête en disant *Sí*.

Quand leur dialogue fut terminé, elle m'a dit:

— Je lui ai raconté l'histoire de ton grand-père et de son journal. Je l'ai décrit et je lui ai donné la date. Je lui ai demandé s'il pense que Mini et Bob l'ont sauvé. Il croit que oui.

— C'est incroyable, me suis-je exclamé, emballé de découvrir un témoin vivant des aventures de mon grand-père. Nous devons lui demander de nous parler encore de ce qui est arrivé ici.

— Je ne le pense pas, a dit Laia.

Avant que je ne puisse lui demander pourquoi, elle s'est retournée vers Aranda.

— *Sobrevivió la guerra su padre?*

Aranda a une fois de plus hoché la tête en répondant :

— *Sí. Fue alcalde de Corbera.*

— Je lui ai demandé si son père a survécu à la guerre. Il m'a répondu que oui et a ajouté qu'il est devenu maire de Corbera.

— C'est génial ! me suis-je écrié. Il a bien réussi.

Laia m'a regardé un long moment avant de parler.

— Après que le général Franco eut gagné la guerre, il a entrepris une campagne pour nettoyer l'Espagne des indésirables. Tous les socialistes, communistes et anarchistes ont été tués. Je t'ai montré le mur de l'église de Sant Felip Neri à Barcelone, devant lequel les gens étaient fusillés.

Des milliers, certains disent des centaines de milliers de personnes ont été tuées après la guerre. Sur tout le territoire espagnol, des charniers ont été découverts.

— C'est tragique... mais pourquoi tu me racontes tout ça maintenant?

Laia s'est retournée vers le mur pour me désigner une grande photo. Il y avait une armée de soldats, debout, devant une église. Deux hommes en arrière-plan, vêtus de leur plus bel uniforme, se serraient la main.

— Est-ce que tu reconnais l'homme à droite? m'a-t-elle demandé.

— Oui, c'est le général Franco.

— Oui, et l'autre homme est le maire de Corbera, le père de Pablo Aranda.

L'importance de cette information se frayait lentement un chemin dans mon cerveau. Laia a poursuivi :

— Après la guerre, on a remercié ceux qui avaient aidé Franco en leur donnant des postes importants : juges, capitaines de police – (elle a hésité) – et maires. C'était leur travail de nettoyer leurs villes ou leurs secteurs des indésirables qui avaient combattu pour la République ou qui avaient été impliqués dans le syndicat ou de ceux à qui ils en voulaient tout simplement.

Un frisson m'a traversé le dos au moment où j'ai compris la portée des paroles de Laia. J'ai tourné la tête vers Aranda. Il me regardait, tranquillement assis.

— Votre père était un fasciste? lui ai-je demandé.

Aranda a hoché doucement la tête.

— Votre *abuelo*...

Il a lancé un regard vers Laia.

— Grand-père, a-t-elle traduit.

— Votre grand-père était un communiste?

— Il se battait pour la République. Il se battait pour une cause juste! ai-je répondu, indigné.

Le vieil homme a éclaté d'un rire rauque en jetant la tête vers l'arrière. Puis il m'a regardé en souriant.

— Il s'est battu pour une cause juste, a-t-il répété amèrement en m'imitant. La sœur de mon père, *mi tía,* habitait à Barcelone. Elle était *muy pequeña*, a-t-il ajouté en levant le bras pour montrer à quel point elle était petite. C'était une femme de Dieu, une nonne. Mon premier souvenir, j'avais *tres años*, trois ans, remonte à une visite à son *convento,* couvent. Elle m'a donné des *caramelos*, a ajouté notre hôte en portant ses doigts à

sa bouche et en les embrassant avec un gros cla-
quement de langue. Ils étaient *delicioso*. Je me suis
dit qu'elle devait être un *ángel*, et que c'était ça, le
paradis.

Laia et moi étions assis en silence. Le sourire du vieil homme s'est effacé lorsqu'il a
poursuivi.

— Quand la *guerra*, la guerre, a commencé,
los anarquistas ont brûlé la petite église de *mi tía*.
Mais avant, ils ont pris des cordes et ont attaché
mi tía et onze autres personnes au *el curcifijo*, le
crucifix. Ils ont tous été brûlés vifs.

Les yeux d'Aranda se sont remplis de
larmes, et il a baissé la tête. Il avait l'air vieux et
triste.

— C'est affreux, ai-je dit.

Il a rapidement redressé la tête. Après avoir
cligné des yeux, son visage a repris l'expression
dure qu'il avait lors de notre arrivée.

— Il s'est battu pour une cause juste, a-t-il
répété d'une voix enlaidie par le sarcasme. Mon
père s'est battu pour la justice. Pour Dieu. Pour
l'Espagne. Je suis *agradecido*, a-t-il précisé en regardant Laia.

— Reconnaissant, a-t-elle traduit.

— Je suis reconnaissant à ton grand-père et
à ses *amigos* de m'avoir aidé. Mais ils avaient tort,

a-t-il ajouté en se levant avec raideur. Maintenant, vous devez partir. Vous avez assez remué le passé.

Laia et moi avons bredouillé de brefs remerciements et nous avons redescendu l'escalier en silence. D'un commun accord, nous nous sommes dirigés vers les ruines de la vieille ville. Nous nous sommes assis au soleil, adossés au mur de la vieille église.

Je pense que j'avais tenu pour acquis que, de nos jours, tous les gens comprenaient que les républicains avaient raison et que le fascisme était diabolique ; que les volontaires s'étaient battus pour quelque chose de juste, alors que le reste du monde les trahissait.

— Ce n'était pas facile, a dit Laia comme si elle lisait mes pensées. Ce n'est pas facile, car les deux camps de la guerre vivent aujourd'hui en Espagne. Plusieurs regrettent même la stabilité du pays sous la dictature de Franco. Je te l'ai déjà dit : tu ne peux pas fuir l'histoire. Et l'histoire n'est ni bonne ni mauvaise ; elle est. Il y a eu des horreurs des deux côtés pendant la guerre. Je pense que ton grand-père a commencé à le réaliser lorsqu'il a tiré sur le soldat dans la colline.

Je suis resté assis à réfléchir pendant un long moment. Laia avait raison : j'avais été naïf de croire que quelque chose d'aussi complexe que la guerre pouvait s'expliquer par une équation aussi simple que deux et deux font quatre. Rien n'est tout blanc ou tout noir. Que l'un des camps ait raison ne voulait pas dire qu'il n'y avait pas eu des actes de barbarie et des tragédies des deux côtés.

J'ai sorti le journal de mon sac à dos et je l'ai ouvert. Laia s'apprêtait à s'éloigner, mais je l'ai retenue.

— Lisons-le ensemble.

---

28 JUILLET, EN MATINÉE

Où sont les chars ? Ils devaient arriver très tôt aujourd'hui afin qu'on puisse attaquer à l'aube, mais le soleil est maintenant bien haut dans le ciel et il n'y a aucun blindé. Tout le monde est tendu.

Nous avons descendu la colline durant la nuit et maintenant, nous sommes dispersés dans une oliveraie. De l'autre côté d'une large bande de terre plate, je peux voir les maisons aux abords de Gandesa. Il y a des silhouettes qui se déplacent entre les bâtisses, mais tout a l'air tranquille. Notre artilleur, posté en haut de la colline, a tiré quelques obus qui sont passés au-dessus de nos têtes pour aller exploser sur la ville dans un bruit sourd, en soulevant des nuages de poussière. À l'autre extrémité de la ville, je peux entendre des explosions beaucoup plus nombreuses et le crépitement soutenu des mitrailleuses. J'espère que cette opération gardera l'ennemi suffisamment oc-

cupé lorsque notre tour viendra d'attaquer. Où sont nos chars ?

Des avions fascistes volent continuellement au-dessus de nous, mais ils se dirigent tous vers le fleuve. J'ai dit à Hugh que ce serait bien si nous avions des avions nous aussi, mais il a dit que ça ne ferait aucune différence puisqu'ils se feraient descendre. Il m'a montré un long canon dirigé vers le ciel et pointant entre deux édifices de Gandesa.

— C'est un 88, m'a-t-il expliqué. Une nouvelle mitrailleuse antiaérienne allemande. Je pense qu'avec ça, ils pourraient abattre sans difficulté tous nos petits avions militaires, les uns après les autres.

C'est étrange de voir comment les sept hommes restants de notre unité arrivent à gérer la tension. Nous voulions laisser Carl en haut sur la colline – il était encore, de toute évidence, en état de choc –, mais l'intendant a insisté pour qu'on l'emmène avec nous. Il a même menacé de le tuer pour désertion si on le laissait derrière. Il est donc venu. La plupart du temps, il reste assis, les yeux grands ouverts. Il fixe le sol à ses pieds, inconscient de l'endroit où il se trouve.

J'écris mon journal pour me détendre. Bob chante doucement. Il a une bonne voix, mais si j'entends encore une fois Red River Valley, je pense que je vais le tuer moi-même. Christopher lit un petit recueil de poèmes qu'il traîne partout avec lui. L'auteur est Anglais, un certain Keats. Marcel et

Hugh se chamaillent à propos de tout, de l'incompétence des généraux pendant la Grande Guerre jusqu'aux subtilités de la philosophie du socialisme. Mini se promène parmi nous, s'assurant que nous allons bien et vérifiant que nos armes sont bien nettoyées et prêtes à servir.

Je suis stupéfait de constater que j'ai traversé les montagnes il y a seulement six semaines. Je relis les premières pages de mon journal et il me semble qu'il a été écrit par quelqu'un d'autre. Quelqu'un de beaucoup plus jeune et de plus naïf que moi. Est-ce que je serais venu jusqu'ici si j'avais su ce que ces six semaines me réservaient?

Oui, pour deux raisons. Ce pour quoi je me bats est juste. Ce n'est pas aussi simple que je le croyais, mais c'est quand même juste.

Ma deuxième raison, c'est cette infirmière de Barcelone. Je ne peux m'empêcher de penser à elle. Je l'ai rencontrée très brièvement et nous n'avons échangé que quelques mots, mais je rêve à ses yeux. C'est peut-être à cause de la solitude et de la frayeur des derniers jours. Quand je reviendrai à Barcelone, je la retrouverai pour lui dire ce que je ressens pour elle.

Je dois arrêter maintenant, car j'entends des grondements derrière moi. Ce sont probablement les chars. Nous avons reçu l'ordre d'abandonner nos sacs. Je transporterai donc mon journal dans ma poche. Son destin sera le mien.

28 JUILLET, EN SOIRÉE

Le premier mot est le plus difficile à écrire, et je suis resté une éternité à contempler cette page blanche. Si ce n'était de la promesse que j'ai faite de remplir toutes les pages de ce journal, je n'écrirais rien. Ça fait trop mal. Cependant j'ai promis, et puisque j'ai commencé, je vais prendre une grande respiration et continuer.

Bob et moi sommes dans une grange lugubre remplie d'hommes blessés. Nous attendons qu'une ambulance nous conduise vers le train qui nous mènera ensuite à Barcelone. Une odeur de sang et de mort emplit la pièce; c'est une odeur étrangement douce. Je suis dans l'antichambre de l'enfer. Les blessés sont alignés le long du mur. Ceux qui ont un peu de chance reposent sur une couche de paille sale pour les isoler du sol dur. Certains ont un bras ou une jambe en moins. Des visages sont cachés derrière des bandages rougis par le sang. Un homme qui souffrait d'une blessure au ventre est mort; son corps a été transporté à l'extérieur. La plupart des soldats sont silencieux, mais certains gémissent en silence. Je frémis lorsque l'un d'eux laisse échapper un cri de douleur.

L'un de nous se dit médecin, mais il ne fait rien d'autre que murmurer des paroles de réconfort et donner un peu d'eau à boire. De toute façon, il ne pourrait pas faire beaucoup plus, car il n'a ni médicaments, ni pansements, ni infirmière pour l'aider.

Bob a reçu un éclat d'obus dans l'épaule. Il a perdu beaucoup de sang — c'est son sang qui a coulé sur la couverture de mon journal —, mais ce n'est pas trop grave. Au début, il ne sentait plus son bras gauche, mais heureusement, il a retrouvé la sensation dans ses doigts. À moins qu'un médecin incompétent ne lui cause plus de dommages en le charcutant pour lui enlever l'éclat d'obus, il devrait guérir.

J'ai une ecchymose de la grosseur d'un ballon de basket sur le côté gauche de la poitrine et je pense avoir plusieurs côtes cassées. Je respire très difficilement et tousser est une vraie torture. Une ambulance a déjà transporté les blessés les plus graves. Je pense que Bob et moi allons attendre longtemps.

Pourquoi nos conditions sont-elles si mauvaises? Est-ce qu'ils s'attendaient à ce que la guerre ne fasse aucune victime? N'y a-t-il vraiment rien qu'on puisse nous donner pour nous soulager? Ce que nous endurons est-il simplement dû à une mauvaise organisation? Hugh pencherait pour cette dernière hypothèse. Mais malheureusement, Hugh ne dira plus jamais rien. Bob et moi sommes les seuls survivants de notre unité. Au fond, je cherche n'importe quoi à écrire, pour retarder la description de cette terrible journée.

Les chars sont arrivés ce matin; cinq engins trapus et dégingandés avançaient au milieu des arbres en faisant un épouvantable bruit de ferraille. Des ordres ont été lancés et nous avons suivi les chars, à découvert. Nous avions de grands espoirs. Carl a pris du retard sur nous et je ne l'ai jamais revu.

Au début, tout allait assez bien. Les tirs fascistes n'étaient pas soutenus et les balles passaient au-dessus de nous quand elles ne ricochaient pas sur le blindage des chars. Soudainement, le blindé de tête qui était à ma droite a éclaté. La tourelle s'est envolée en tournoyant et une boule de feu s'est échappée du trou créé par l'explosion.

J'ai regardé vers Gandesa et j'ai vu l'arme antiaérienne, celle que Hugh m'avait montrée plus tôt, diriger son canon à l'horizontale. J'ai aperçu un éclair et, presque aussitôt, une colonne de poussière s'est élevée près de l'autre char. Ce n'étaient pas tous les tirs qui atteignaient leur objectif, mais ils se rapprochaient et, chaque fois qu'il y en avait un qui touchait sa cible, il traversait le blindage de nos chars comme s'ils étaient faits en papier. C'était un simple exercice de tir pour les artilleurs allemands. Marcel a été tué quand un char a explosé près de lui, projetant une lourde pièce de métal qui lui a fracturé le crâne.

Les salves de mitraillettes ont commencé alors que nous étions à mi-chemin et que le dernier de nos tanks a été détruit. Quelques hommes se sont réfugiés derrière les blindés et ont été gravement touchés. Notre escadron était dispersé et nous avions franchi à peu près les trois quarts de la route qui nous séparait de notre but quand nous avons été pris pour cible.

— À terre! a hurlé Hugh.

Quand les tirs s'éloignaient, Hugh nous criait : «Debout!»

Entre ses ordres, soit je restais immobile, soit j'avançais en trébuchant. Étrangement, j'étais moins envahi par la peur au milieu d'hommes se faisant tuer ou blesser, que pendant que nous attendions l'arrivée des chars. De façon rationnelle, je savais ce qui se passait et j'étais conscient de courir un grave danger. Pourtant, c'était comme si je regardais la scène de loin, comme si j'étais spectateur. Même lorsque Christopher a réagi trop lentement à l'ordre de se coucher et qu'un tir l'a atteint en pleine poitrine, j'ai enregistré le fait, sans tristesse. J'avais confié mon existence à Mini et, tant que je suivrais ses directives, je resterais en vie.

Nous avancions comme des automates. Toute notre énergie était concentrée à écouter et à exécuter les ordres de Mini. Et puis, comme par miracle, nous sommes arrivés à la porte de Gandesa. J'ai aperçu des ombres furtives qui couraient dans les rues, mais je n'ai pas eu le temps de tirer.

Mini a crié quelque chose à Hugh qui a lancé une grenade à travers une fenêtre, pendant que nous restions accroupis contre le mur. L'explosion a fait trembler la terre, puis Mini a défoncé la porte d'un coup de pied et a disparu. Hugh, Bob et moi l'avons suivi. La pièce était vide à l'exception du mobilier en ruine et d'une épaisse fumée. Nous avons inspecté les autres pièces, puis nous avons fait une pause tout en écoutant les autres brigadiers qui poursuivaient leur chemin dans les maisons voisines.

— Nous voilà à Gandesa, a dit Mini en jetant un regard dehors. Est-ce que quelqu'un sait ce qui est arrivé à Carl?

Nous avons tous fait non de la tête.

— Très utiles, nos chars d'assaut, a ironisé Hugh. Les obus des mitrailleuses 88 n'ont même pas ralenti en perforant leur blindage.

— Content de ne pas avoir été à l'intérieur, a commenté Bob.

— Ils ne nous auraient pas été très utiles dans ces rues étroites, a ajouté Mini. Je me demande combien d'entre nous ont réussi à traverser ces champs à découvert.

— Pas suffisamment, a répondu Hugh.

— Mais au moins il y en a quelques-uns, a fait remarquer Mini. Entendez-vous tous ces combats autour de nous? Je pense qu'on doit avancer le plus loin possible. Buvez un peu et assurez-vous que votre fusil est chargé à bloc.

Après avoir reçu l'ordre de me désaltérer, je me suis rendu compte que j'avais la bouche complètement sèche. J'ai bu avidement et j'ai ensuite vérifié mon fusil : pas une seule balle n'avait été tirée. Le cran de sûreté était encore en place. Je l'ai honteusement soulevé.

— Bonne idée, m'a dit Bob doucement.

— En route, bande de paresseux ! a crié Mini se dirigeant vers la porte. Il y a du travail à faire.

Je passais devant la fenêtre quand j'ai vu le bâtiment juste en face s'écrouler dans un grondement assourdissant. Ensuite, j'ai senti une énorme main me soulever pour me projeter contre le mur à l'autre bout de la pièce.

— Que s'est-il passé ? ai-je demandé en me redressant péniblement et en m'assurant de n'avoir rien de cassé.

— Des tirs d'obus, a expliqué Mini.

— Les nôtres ou les leurs ? a demandé Hugh.

Mini a haussé les épaules.

— Ça n'a pas d'importance. Ce qui importe, c'est de partir avant que d'autres bombes nous tombent dessus. Tu vas bien ? m'a demandé Mini.

J'ai acquiescé de la tête et il s'est dirigé vers la porte.

— Au moins, la fumée va nous servir d'écran. Hugh et moi allons remonter ce côté de la rue. Vous deux, prenez l'autre. Avancez au même rythme que nous et collez-vous aux murs comme si vous en étiez amoureux.

Après avoir regardé en avant, Mini est sorti, suivi de près par Hugh.

— Je pense que c'est à nous, a dit Bob. Tu es prêt?

— Oui, ai-je répondu pendant qu'il se glissait hors de la maison et courait de l'autre côté de la rue.

Je le suivais, évitant les décombres de la maison qui s'était effondrée. Nous avancions lentement, vérifiant minutieusement derrière chaque fenêtre et chaque porte au passage. C'était un travail éprouvant pour les nerfs et notre progression était horriblement lente. Des tirs de fusils et de mitraillettes ainsi que des explosions de grenades se faisaient entendre des rues avoisinantes et devenaient de plus en plus bruyants au fur et à mesure que nous avancions.

Nous avions inspecté trois maisons lorsqu'un groupe a fait irruption d'une ruelle. Instinctivement, nous avons pointé nos armes, mais c'était un peloton allié. Un officier s'est approché de Mini.

— Ils mènent une contre-offensive des deux côtés, a-t-il expliqué. Nous ne sommes pas assez nombreux pour tenir. Nous nous replions.

— Vous vous repliez? a dit Mini en regardant la rue en avant de nous. Il n'y a aucune résistance ici. Nous pouvons continuer.

— Si nous faisons cela, nous serons isolés. Et nous ne sommes pas assez nombreux pour traverser à découvert. Certains de mes hommes sont déjà à court de munitions et nous n'avons pas de grenades.

Mini a lancé un dernier regard à la rue déserte et s'est retourné. Il nous a regardés, Bob et moi, et a ouvert la bouche. Il a hésité un instant, puis a eu un froncement de sourcil perplexe avant de lentement tomber à genoux. Une balle venait de ricocher sur le mur en arrière de lui.

— Un tireur embusqué! a crié l'officier en montrant le ciel du doigt.

Bob et moi avons suivi son bras tendu.

— Dans ce clocher d'église, juste en face.

Je ne pouvais rien voir, mais j'ai tiré plusieurs balles en direction du clocher. Bob aussi. Hugh avait déjà passé son bras sous Mini pour le traîner hors de la rue. Tout en continuant à faire feu pour maîtriser le tireur, nous nous sommes repliés dans la première maison que nous avions inspectée.

Respirant lourdement, Hugh a adossé Mini contre un mur. Le géant avait la respiration saccadée et était affreusement pâle.

— Je ne sens plus mes jambes, a-t-il dit faiblement.

— Ils arrivent! a crié un homme par la fenêtre.

J'ai regardé par la porte. Des hommes avec des chapeaux rouges avançaient lentement des deux côtés de la rue. Le soldat à la fenêtre et moi avons tiré quelques coups de feu. L'un de nos ennemis s'est écroulé alors que les autres ont disparu derrière une porte. Des balles ont commencé à ébrécher les murs autour de nous.

— Nous ne pouvons pas rester ici, a crié l'officier.

Hugh a tenté de soulever Mini.

— Laisse-le ici, a ordonné l'officier.

— Pas question, a répliqué Hugh. Vous savez ce que les fascistes font aux prisonniers.

— Il est trop grand. Il va nous ralentir. Tu ne peux pas le porter.

— Oui, nous le pouvons, a dit Bob en passant son fusil par-dessus son épaule pour aider Hugh à soulever Mini.

— Comme vous voulez, a cédé l'officier. Venez!

Lui et ses hommes se sont engagés dans la rue en faisant feu.

Bob et Hugh portaient Mini.

— Arrange-toi pour détourner l'attention du tireur embusqué, m'a dit Hugh alors que Bob et lui se dirigeaient vers la porte.

J'ai encore tiré vers le clocher de l'église, et c'est comme cela que nous avons avancé, changeant souvent de place. Il y en avait toujours deux qui portaient Mini pendant que l'autre faisait feu. Au début, Mini grognait de se faire trimballer ainsi. Mais à la longue, il a seulement serré les dents en gardant le silence.

Les champs étaient remplis d'hommes qui avançaient en titubant, cherchant à s'éloigner de la ville. Au début, les tirs de l'artillerie ennemie étaient espacés, car les fascistes avançaient avec précaution en inspectant chaque maison. Mais ils se sont rapidement intensifiés.

Bob et moi portions Mini lorsque l'artillerie a fait feu et que des obus ont éclaté autour de nous. Soudainement, j'étais seul à porter Mini. Il était trop lourd et je me suis effondré comme une masse avec mon blessé qui gémissait de douleur.

Bob était accroupi, les genoux ramenés sur sa poitrine et les bras croisés sur celle-ci, les poings serrés. J'ai rampé jusqu'à lui.

— Où as-tu été touché ? lui ai-je demandé.

Bob a simplement poussé un gémissement. Je l'ai examiné du mieux que j'ai pu, mais je n'ai rien vu. Je l'ai secoué.

— Bob, qu'est-il arrivé ?

Il m'a regardé, les yeux écarquillés, la morve lui coulant du nez.

— Je ne peux pas continuer, a-t-il dit en sanglotant.

— Bien sûr que tu peux, ai-je répliqué en tentant de le mettre debout.

— Non, a-t-il répété en résistant. C'est trop. Ne me force pas.

Hugh est arrivé à nos côtés.

— Qu'est-il arrivé? Est-ce qu'il est blessé?

— Non, ai-je répondu. Il ne veut tout simplement plus bouger.

— Alors laisse-le. Nous devons ramener Mini.

— Non, ai-je dit. Tu peux continuer si tu veux, mais je ne quitte pas Bob.

Je me suis retourné vers mon ami.

— Ça va aller, Bob, mais il n'y a pas que toi et moi. Il y a Mini qui est gravement blessé, et je ne peux pas le porter tout seul. J'ai besoin que tu m'aides. Tu peux me donner un coup de main?

Bob m'a regardé en clignant rapidement des yeux.

— Mini? a-t-il dit.

— Oui, Mini. Il est blessé et tu dois m'aider. Tu peux le faire?

Lentement, Bob s'est remis debout. Je lui parlais sans arrêt pour l'encourager à continuer.

— Nous sommes presque arrivés aux arbres. Nous pourrons nous y reposer.

Hugh et moi avons soulevé Mini. J'ai mis son bras autour des épaules de Bob et j'ai pris l'autre côté.

— Ça va, Bob ? ai-je crié pour couvrir le bruit des bombes et des tirs.

— Ça va, m'a-t-il répondu en hurlant lui aussi.

Nous avancions lentement d'un pas chancelant. C'était difficile, mais on continuait. C'est alors que les bombardiers sont revenus. J'ai reconnu leur plainte terrifiante alors qu'ils piquaient droit sur nous.

J'ai regardé par-dessus mon épaule et j'ai aperçu Hugh qui tirait dans les airs. La bombe a dû toucher sa cible du premier coup, car Hugh a simplement disparu. Un instant auparavant, il était avec nous en train de faire feu furieusement sur les avions, et soudain, il y a eu un éclair, un peu de fumée, puis plus rien. Il avait disparu. Je suppose qu'il avait raison : une bombe le visait personnellement.

Bob et moi avons continué péniblement notre marche, et nous étions presque arrivés à l'oliveraie lorsqu'une roquette a explosé juste à côté de nous. Bob a reçu un éclat d'obus dans l'épaule et une pierre – ou peut-être une motte de terre durcie – m'a violemment frappé les côtes, m'arrachant tout l'air des poumons. Ça m'a pris un moment pour retrouver mon souffle et ma poitrine me faisait affreusement souffrir, mais il n'y avait pas de sang. J'ai supposé que je n'avais rien de grave. Mini gisait à mes côtés. J'ai rampé jusqu'à Bob qui avait couru plus loin. Il était assis et il se tenait le bras en écharpe. *Du sang coulait de sa blessure. Je l'ai aidé à se relever et nous avons titubé jusqu'aux arbres.*

Les premiers hommes que nous avons rencontrés voulaient nous aider, mais je leur ai plutôt demandé d'aller chercher Mini. J'ai adossé Bob contre un tronc et j'ai pansé sa plaie du mieux que j'ai pu. Puis je me suis effondré à côté de lui.

Il ne restait plus beaucoup d'hommes dans les champs. Enfin, plus beaucoup qui étaient encore en vie. Ici et là, des silhouettes titubaient ou rampaient parmi les corps inertes, essayant de se frayer un chemin jusqu'à nous. Les bombardements avaient cessé et je pouvais maintenant distinguer dans la ville des gens qui secouraient les blessés et qui ramassaient leurs armes.

Les deux personnes à qui j'avais demandé d'aller chercher Mini sont revenues sans lui.

— Il est juste là-bas, ai-je dit en leur montrant l'endroit. C'est un grand gaillard, vous ne pouvez pas le manquer.

Un des hommes a secoué la tête en me disant :

— On l'a trouvé, mais il est raide mort. Il a un trou tellement gros dans le dos que je peux y rentrer mon poing.

— C'est faux ! ai-je crié. Retournez le chercher !

Les deux hommes ont baissé la tête et se sont éloignés. J'ai voulu me relever, mais la douleur m'a terrassé et je me suis écroulé. C'est le poids de tous mes amis morts qui me faisait le plus souffrir. C'était un fardeau tellement lourd qu'il m'enfonçait jusqu'aux entrailles de la Terre. Bob et moi sommes restés assis au pied de l'olivier à pleurer.

Après un moment, nous nous sommes levés et nous avons réussi à trouver un poste de premiers soins. Je dois essayer de dormir maintenant. Je ne peux plus rien écrire.

QUINZE

J'ai tourné la page du journal, mais la suivante était vierge. Laia était appuyée contre moi, sa tête sur mon épaule, et pleurait doucement. J'ai passé mon bras autour d'elle et je l'ai serrée tendrement.

— Tous, a-t-elle dit dans un murmure. C'est tragique.

Je regardais, tout en bas, les ruines qui encombraient les rues. C'était tragique. Plus que je n'aurais pu l'imaginer. Comment autant d'enthousiasme et d'espoir avaient-ils pu se transformer en une telle hécatombe? Comment mon grand-père a-t-il fait pour continuer à vivre au milieu de toutes ces horreurs? Je m'étais plaint de la chaleur et du peu de confort alors que je voyageais avec une fille merveilleuse. Est-ce que j'aurais pu faire ce qu'il avait fait?

Voilà! Le mystère était résolu. Les jeunes années de mon grand-père dont il n'avait jamais parlé, la passion qui l'avait enflammé et dont il se souvenait encore alors qu'il était vieux : tout cela m'était maintenant connu. J'avais découvert ce que j'étais venu chercher. J'avais cependant appris bien plus. J'avais appris la dure réalité de la guerre et la complexité de la vie.

Dans ma poche, mon téléphone s'est mis à vibrer. Mais je l'ai ignoré. C'était probablement DJ qui me disait qu'il avait réussi à gravir sa montagne et comment c'était extraordinaire. Que comprenait-il du combat que grand-père avait dû mener ici?

Presque aussitôt, je me suis senti coupable. Ce n'était pas sa faute s'il avait eu une montagne à gravir. Et ce n'est pas parce que j'avais lu le journal de grand-père que ça faisait de moi un être d'exception. Doucement, afin de ne pas déranger Laia, j'ai sorti mon cellulaire. C'était bien un message de DJ, mais pas ce à quoi je m'attendais.

C'est fini. Je n'ai pas pu le faire. Des choses se sont produites.

C'est fini! Il n'a pas réussi! Qu'est-ce qui est arrivé? Des bombardiers l'ont attaqué sur la montagne?! J'étais en colère.

— Tu ne peux pas abandonner, ai-je dit tout haut en retirant mon bras des épaules de Laia.

Elle s'est redressée et m'a regardé texter.

Que veux-tu dire? Tu t'es cassé le cou?

— Que se passe-t-il? m'a demandé Laia.

— C'est mon jumeau, DJ. Il laisse tomber.

— Qu'est-ce qu'il laisse tomber? Je ne savais pas que tu avais un frère.

— J'en ai un, ai-je répondu.

Mon téléphone vibrait de nouveau. C'était la réponse de DJ.

Trois personnes de notre groupe ont été prises d'un grave mal des montagnes et ont dû être remmenées en bas de la montagne. Tous les porteurs sauf un les ont accompagnées.

J'ai répondu:

Es-tu près du sommet?

— Où est-il? m'a questionné Laia.

— Quelque part près du sommet du Kilimandjaro, en Tanzanie. J'ai un jumeau et cinq cousins. Dans ses dernières volontés, notre grand-père nous a donné à chacun des tâches à accomplir, ai-je expliqué.

Un autre texto arrivait.

1 300 mètres. Six heures. Je peux le voir, mais le guide m'a défendu d'y aller.

J'avais les yeux rivés sur mon écran. Ça ne ressemblait pas à DJ. Il a toujours été celui qui faisait les choses, qui les provoquaient. D'aussi loin que je me rappelais, il n'avait jamais échoué. Furieux, je lui ai réécrit.

Si tu peux le voir, tu peux l'atteindre. Va au sommet.

— Il n'y arrive pas? m'a demandé Laia.

— Oui, il peut y arriver, ai-je répondu. Il a toujours réussi. C'est lui le plus fort de nous deux.

Je sentais à nouveau la colère me gagner. J'ai recommencé à écrire. J'ai oublié le protocole du texto et je me suis mis à rédiger comme si je lui parlais. Il m'a fallu trois messages pour tout lui envoyer.

Quand quelqu'un te dit que tu ne peux pas faire quelque chose, ça ne veut pas dire que tu ne peux pas le faire. Grand-papa était terrifié et épuisé durant la guerre. Il a vu ses amis mourir autour de lui, mais il a continué parce qu'il croyait en quelque chose. C'était il y a longtemps et il a échoué, mais il est allé le plus loin possible.

J'ai hésité, ne sachant pas quoi ajouter. Étais-je allé trop loin? Mon téléphone a encore vibré.

Je suis épuisé. Malade. Je ne crois pas pouvoir le faire. Je suis tellement désolé.

Ma colère remontait à la surface. Comment ça, il ne pouvait pas y arriver? C'était DJ. C'était mon grand frère. Mes doigts volaient sur le clavier.

Ne sois pas désolé. Combats la fatigue. Combats la douleur. Crois en toi. Essaye et tu n'échoueras pas. Tu es aussi brave que grand-papa. Je crois en toi. Continue, mon frère. Grand-papa t'attend au sommet. Reste en contact.

Aussitôt que j'ai eu envoyé le message, je me suis senti mal. C'était tellement émotif. Qu'est-ce que DJ allait penser? Et, plus important encore, qu'est-ce que Laia allait penser? Je lui ai jeté un regard. Elle gardait les yeux sur l'écran. Elle devait vraiment penser que j'étais un idiot.

L'écran s'est rallumé.

Je vais essayer, pour grand-père et pour toi, frérot. Merci.

J'ai souri.

— C'est beau, a murmuré Laia en me regardant.

— Sincèrement? Tu ne penses pas que c'était trop mélo?

— Bien sûr que non. Tu as convaincu ton frère de ne pas abandonner, comme ton grand-père a convaincu Bob de continuer. Je suis fière de toi. Et je suis très contente que ton grand-père t'ait donné cette tâche.

Laia s'est penchée et m'a embrassé sur la joue.

Je me suis senti rougir jusqu'à la racine des cheveux. J'ai tâtonné pour ranger mon téléphone. Le journal m'a glissé des mains et, en tombant, il s'est ouvert sur la dernière page. Elle était remplie de la petite écriture soignée de mon grand-père.

— Il a écrit autre chose, ai-je constaté.

J'ai ramassé le livre et j'ai feuilleté les dernières pages. La plupart étaient blanches. Il n'avait rien écrit après la bataille, mais il avait noté quelque chose sur la dernière. Laia et moi nous sommes rapprochés et, ensemble, nous avons entrepris notre lecture finale.

---

8 SEPTEMBRE

Cela fait six semaines que j'ai griffonné mes dernières pensées dans ces pages. Après la bataille, j'étais persuadé que je n'écrirais plus jamais. Ce qui était déjà consigné était tellement douloureux, comment pourrais-je jamais écrire autre chose qui soit digne d'intérêt? Mais aujourd'hui, je suis en proie à un tourbillon d'émotions contradictoires; il faut que je reprenne l'écriture.

Je croyais que les changements qui avaient commencé à s'opérer en moi lors de ma traversée des montagnes et après mon arrivée en Espagne s'étaient achevés à Gandesa. Les amis que j'avais trouvés et perdus, les horreurs que j'avais vécues, les drames dont j'avais fait partie, tout cela m'avait transformé en cette nouvelle personne que je suis désormais. Les six dernières semaines m'ont prouvé qu'on ne peut jamais être sûr de rien.

Bob et moi avons été ramenés à Barcelone. Le trajet a duré cinq jours pendant desquels nous avons été laissés à nous-mêmes. Nous étions étendus sur un sol dur et froid, gémissant douloureusement, pendant qu'on nous trimballait dans la boîte d'un vieux camion ou à bord d'un wagon de train. Autour de nous, il y avait continuellement cette odeur fétide et les hurlements de ceux qui étaient bien plus mal en point que nous.

Un médecin à Tarragona a retiré l'éclat d'obus logé dans l'épaule de Bob et m'a affreusement tâté les côtes avant de m'annoncer qu'il ne pouvait rien faire. J'essayais de ne pas bouger, mais il m'était terriblement difficile de ne pas respirer. Cependant, la douleur s'est lentement atténuée et je pense que mes os se sont bien ressoudés. Quant à la blessure de Bob, étant donné qu'il n'y avait pas de fracture, elle a rapidement guéri.

Nous avions tous deux présumé qu'après notre guérison, nous retournerions à la guerre. Il n'en fut rien. La bataille s'était mal passée. Les combats se sont poursuivis, mais nos troupes n'ont jamais pu prendre Gandesa et ont été continuellement forcées à se replier. Les fascistes avaient trop de blindés, d'avions, de fusils et de soldats.

Des rumeurs circulent voulant que les Brigades internationales quittent le pays. Je pense qu'elles disent vrai et que c'est pour cette raison que demain, Bob et moi allons être rapatriés. Voilà ce qui explique les sentiments contradictoires qui m'habitent. Je veux rentrer à la maison – j'en ai plus qu'assez de la guerre –, mais je veux aussi rester ici. Je suis tombé amoureux.

Maria, l'infirmière à qui je pensais souvent, était à l'hôpital de Barcelone à mon arrivée et elle était aussi heureuse de me revoir que je l'étais de la retrouver. Depuis, nous avons presque toujours été ensemble. Sa famille m'a aménagé un coin avec un lit dans leur maison, et j'apporte mon aide à l'hôpital tant que mes côtes me le permettent.

Dans nos rares moments libres, entre l'hôpital et la course aux abris lors des bombardements systématiques, nous allons marcher dans les rues de cette ville encore magnifique malgré les dégâts causés par les bombes. Nous sommes allés nous promener dans les parcs et les jardins, et nous avons grimpé au sommet du Montjuïc. Maria m'a fait visiter la vieille cathédrale et le tombeau d'Eulalia, la sainte favorite des Barcelonais. *Nous avons flâné dans les ruelles sombres et étroites du Quartier gothique, nous avons mangé dans les petits restos trouvés au gré de nos déplacements, et nous avons parlé avec des gens qui luttent pour survivre et qui sont terrorisés par l'arrivée du fascisme et de sa noirceur. Même si je vis cent ans, jamais je ne trouverai un endroit aussi beau, accueillant, vivant et, en même temps, aussi damné que celui-ci.*

Mes côtes ont finalement guéri toutes seules, mais ce n'est que mon corps qui se rétablissait. Mon esprit, en quittant Gandesa, était en lambeaux. Mes nuits étaient saturées de cauchemars dans lesquels Mini, Hugh et les autres venaient me hanter. Mes journées, quant à elles, étaient empoisonnées par des pensées sombres, par le désespoir et par le souvenir des morts. Je me sentais prisonnier au fond d'un trou noir dont je n'arrivais jamais à sortir.

Maria, avec son amour et sa patience, m'a ramené à la vie. Elle m'a montré que malgré tout, il y a encore du bon dans le monde. C'est une leçon que je n'oublierai jamais, et je vais chérir chaque instant de bonheur que la vie voudra bien me donner. Mais pourquoi faut-il que le prix de cette leçon soit si élevé ?

Si je pouvais faire un vœu, je souhaiterais rester ici pour toujours, avec Maria, ou l'emmener dans un endroit sûr. Elle fait le même souhait, mais c'est impossible. La guerre est perdue et les fascistes vont bientôt marcher sur la Rambla. Les étrangers qui se sont battus pour la République ne résisteront pas longtemps. Je peux partir, car je suis Canadien. Mais Maria doit rester, car elle est Espagnole et les frontières lui sont fermées.

C'est tellement injuste. Tellement cruel de trouver l'amour et de le perdre.

Mais je vais revenir. Je vais laisser ici une valise contenant mes maigres biens, les quelques objets que j'ai accumulés, ainsi que ce livre. Je vais la donner à Maria avec l'espoir de rentrer au pays et de la reprendre un jour. Ces douze dernières semaines – la période la plus importante de ma vie jusqu'à présent et, je le soupçonne, de toute mon existence – resteront notre secret, à Maria et à moi.

SEIZE

C'était tout. Il n'y avait rien d'autre. J'ai feuilleté toutes les autres pages du journal, mais elles étaient vierges.

— Donc, ton grand-père et mon arrière-grand-mère étaient amoureux, a dit Laia doucement. Je l'avais envisagé, mais de voir ton grand-père déclarer son amour par écrit, c'est différent. Pourquoi n'est-il jamais revenu ?

— Il est revenu une fois. Son avion s'est écrasé en France durant la guerre et il a dû traverser l'Espagne pour s'échapper. Il était en fuite. Après la guerre, tant et aussi longtemps que Franco était dictateur de l'Espagne, il ne pouvait revenir. Après... Le monde a changé après la Deuxième Guerre mondiale. Il s'est marié, il a eu des enfants.

— Je me demande s'il aimait encore Maria.

— Je ne sais pas. Est-il possible d'aimer deux personnes en même temps? Il aimait beaucoup ma grand-mère et il a construit une belle vie pour sa famille au Canada. Peut-être a-t-il cru que Maria avait fait la même chose en Espagne? Peut-être s'est-il convaincu qu'elle l'avait oublié?

— Elle ne l'a jamais oublié, a dit Laia avec un triste sourire. Lorsque Barcelone est tombée, elle s'est enfuie dans les camps en France, comme des dizaines de milliers de réfugiés. Quand les nazis ont envahi la France, elle s'est cachée. Un jour, elle m'a raconté qu'elle avait même travaillé un peu pour la résistance. Elle est revenue après la guerre. Les temps étaient durs, mais ses parents avaient réussi à garder leur maison et elle a aménagé avec eux. Elle y est restée jusqu'à la fin de ses jours.

— Elle ne s'est jamais mariée?

— J'ai longuement réfléchi à ce sujet. Ma grand-mère, l'enfant unique de Maria, est née hors du mariage. C'était une situation précaire dans l'Espagne catholique de Franco. Mais cette période était aussi très chaotique et, après la guerre, il y a eu beaucoup de jeunes veuves avec des enfants.

J'ai opiné de la tête en pensant que la vie avait dû être difficile pour Maria et pour tous les réfugiés. Cependant, Laia n'avait pas terminé.

— Ma grand-mère est née en France, pendant la guerre.

— Cela devait être difficile avec un nouveau-né ?

Soudain, une pensée m'a traversé l'esprit.

— En quelle année ta grand-mère est-elle née ?

— Je sais à quoi tu penses, mais ton grand-père n'est pas mon arrière-grand-père. Nous ne sommes pas parents. Ma grand-mère est née en 1944, vers la fin de la guerre.

J'ai ri de soulagement.

— À la lecture du testament de mon grand-père, j'ai découvert que j'avais un septième cousin dont tout le monde ignorait l'existence. Je n'aurais pas pu supporter d'apprendre que nous étions parents, même aussi éloignés que petits-cousins.

— Tu ne veux pas avoir de liens avec moi ? m'a dit Laia avec un sourire espiègle.

— Ce n'est pas ce que je voulais dire.

— Bien sûr, a-t-elle continué avec un large sourire, il n'y avait pas de documents officiels durant la guerre. Nous n'avons que la parole de Maria comme preuve que ma grand-mère est née en 1944 et non en 1939.

— Arrête de me taquiner, lui ai-je dit en lui rendant son sourire. Je ne veux pas être dans ta parenté. J'aimerais mieux être ton… ami.

Je me suis senti rougir en me rendant compte de ce que je venais de dire. Mais alors que j'essayais de bégayer une excuse, elle m'a fait taire en me touchant délicatement la joue.

— Moi aussi j'aimerais que nous soyons amis, a-t-elle repris. Combien de temps penses-tu rester en Espagne?

— Il me reste quelques jours avant d'utiliser mon billet de retour.

— Cela nous laisse du temps. Et tu es maintenant habitué à nos scooteurs!

Laia s'est mise à rire pendant que je souriais bêtement.

— Nous pourrions rendre visite à ma grand-mère et je te ferai découvrir Barcelone. Peut-être pourrais-tu même visiter nos célèbres plages.

Mon cœur battait à tout rompre. Je n'avais jamais été aussi heureux de ma vie. J'avais découvert le passé de grand-père et j'avais marché dans ses pas. Comme lui, j'avais rencontré une fille merveilleuse à Barcelone, mais contrairement à lui, je ne la quitterais pas.

— Ce serait fantastique, ai-je répondu en souriant à m'en décrocher les mâchoires. J'adorerais découvrir Barcelone et visiter quelques plages. Je connais des gens à l'hôtel Miramar à Lloret de Mar. Je suis sûr qu'ils aimeraient beaucoup te rencontrer.

REMERCIEMENTS

Merci à Eric Walters d'avoir eu l'idée de ce projet et d'avoir su réunir six autres écrivains tous orientés dans la même direction. Merci à Andrew Wooldridge d'avoir décelé le potentiel du projet et de nous avoir offert la plate-forme pour raconter nos histoires. Merci enfin à Sarah Harvey, qui s'est assurée que nos histoires concordaient et que nous étions tous sur la même longueur d'onde.

Achevé d'imprimer au Canada par
Marquis Imprimeur inc.
sur papier Enviro 100 % recyclé